「そこじゃなくて、ここいじって…」

その手を下ろして、乳首に導く。

「両方の手で、乳首、ぎゅうって引っ張って」

JN264150
illustration AKIRA KANBE

官能小説家は困惑中♡

the pornography novelist is perplexed♡

森本あき

AKI MORIMOTO presents

KAIOHSHA ガッシュ文庫

イラスト★かんべあきら

CONTENTS

★本作品の内容はすべてフィクションです。
実在の人物・地名・団体・事件などとは一切関係ありません。

introduction

桂 龍
RYU KATSURA

紅葉の幼なじみ。スポーツインストラクター。高校の頃、紅葉に一目ぼれをする。

谷本紅葉
MOMIJI TANIMOTO

新米の官能小説家。ずっと龍に片思いをしていたことから、ペンネームは龍かつら。

天堂近衛
KONOE TENDOU

純文学出身の傲岸不遜な売れっ子官能小説家。

宮野若葉
WAKABA MIYANO

中堅出版社勤務。
近衛と紅葉の担当編集者。

STORY

恋人の龍とラブラブの同棲生活を満喫中の新米官能小説家・谷本紅葉。
色んなところでエッチ三昧のある日、SM小説執筆の依頼がきて…!?

詳しくは「官能小説家を調教中♡」「官能小説家は発情中♡」を見てね!!

もういいよ、と言いたかった。
言い訳なんてしなくていいよ、と。
だけど、言葉が出なくて。
その場に立ちつくす。
こんなつもりじゃなかったのに。
…大事な人を傷つけるつもりなんて、なかったのに。

1

「やっ…んっ…あぁっ…」

谷本紅葉《たにもともみじ》は甘い声をあげて、体を震わせた。桂龍《かつらりゅう》が、余裕の表情で紅葉を見上げている。

「かわいい声、出しちゃって」

「そんなこと…言わないでっ…あっ…いやぁ…」

乳首をきゅっとつままれて、紅葉の腰が跳《は》ね上がった。それと同時に、中にあった龍のものが、ずるり、と抜ける。内壁をこすられる感覚に、紅葉の先端から透明なものがこぼれた。

「触っちゃ…だめぇ…」

紅葉は潤《うる》んだ目で、龍をにらむ。龍が肩をすくめた。

「だってさ、俺の上に乗って、全身を真っ赤に染めながら、一生懸命腰を上下に動かしてる紅葉見てると、我慢できなくなったんだから、しょうがなくね?」

「しょうが…なくないっ…やっ…いやぁっ…」

また乳首に指を伸ばされる。紅葉は体をのけぞらせて、その手をかわそうとしたけれど、一瞬、遅くて。乳頭をかするように指先が触れた。たったそれだけで、紅葉の体に快感が走る。

「だめっ…だってばぁ…」

紅葉は龍の手を押さえつけようとした。それをかわされて、ぎゅう、と乳首を指でひねられる。

「あっ…やっ…いやぁっ…」

紅葉は、ぶんぶん、と首を横に振った。そのまま、指の腹でゆるく乳頭を回されて、つん、と芯《しん》が入ったように乳首がしこる。

「龍…邪魔しないって…んっ…んんっ…」

もう一方の乳首も、とらえられた。両手で責められたら、もう抵抗できない。

「邪魔はしてねえだろ」

「してるっ…あっ…んっ…あぁっ…」

胸を覆うように両手を広げて、龍はゆっくりと手を回し始めた。手のひらが乳首に当たって、そこを刺激する。ゆるくて心地いいそれに酔っていると、今度は指で強く、カリカリ、と引っかかれた。

このままじゃ、また龍のいいようにされてしまう。

それがわかっているのに、体が思うようにならない。

「龍っ…」

紅葉は訴えるように、龍を見た。

「俺に…させてくれるって…」

「させてやってたじゃん。けど、このままじゃ、一向に進みそうもないから協力してやってるだけで」

龍の言葉に、紅葉は唇を噛《か》む。

いつも気持ちよくしてもらってばかりだと申し訳ないから。

セックスに慣れてきて、自分から積極的に動くこともできるようになってきたから。

たまには、龍をリードしたい。

何度もつっかえながら、紅葉がどうにか自分の気持ちを伝えると、龍はにやりと笑って。

「んじゃ、俺の上に乗って、自分で腰振って、動いてみるか?」

挑発的に言った。

負けたくない。

そう思った。

龍の、できるわけねえけどな、という表情を、驚きで満たしてやりたい。

「やるよ」

紅葉の答えに龍は肩をすくめて。

「それは楽しみだ」

平坦な調子で、そう口にした。

ま、無理だろうけど。

言葉にしないだけで、そう思っているのはわかった。

そんな龍を、いい意味で裏切りたい。

ためらいは、もちろんあった。羞恥《しゅうち》も感じていた。

龍を飲み込むまではできたけど。快感でわけがわからなくなっている状態じゃないときに、そんなことをするのは初めてで。

龍はどう思っているんだろう。こんな自分を、はしたない、とあざけっていないだろうか。こんなにいやらしいやつだったなんて、とがっかりしていないだろうか。

そんなことばかりが気になって。

きちんと動けなかった。中にある龍は、ある程度は硬いけれど。イクにはまだまだ遠くて。

だから、こうやって手を出してきたのだ。

気持ちよくないから。

紅葉が、言ったことをきちんと実行してないから。

紅葉は大きく息を吸って、それを吐き出した。

よし、ここから仕切り直し。いつまでも龍にされるだけなんて、そんなのいやだ。

対等になりたい。

いますぐには無理だとしても、いつかはそうなりたい。

だから、ここであきらめるわけにはいかない。

紅葉は意思を総動員して、龍の手をつかむと乳首から離した。龍が、お、という表情になる。

「何するつもりだ？」

「俺が、龍を気持ちよくするの」

紅葉は龍の手をつかんだまま、腰を揺すった。

うん、大丈夫。中は十分に濡れているから、ちょっとぐらい激しく動いても平気だ。

「だから、手を出さないで。わかった？」

「気持ちよくしてくれんならな」

龍は目を細める。

「紅葉が、自分からしたい、って言うから、本来ならどんな局面でも主導権を譲りたくない俺が、黙って寝そべってやってんだ。さっさとするか、無理だとあきらめるか、どっちかにしろ。生殺し状態は、好きじゃねえ」

「生殺しになんて、しないよ」

紅葉は、きゅう、と内壁を収縮させた。すぐにゆるめて、またすぼめて。それを何度か繰り返す。そのうちに、龍の形をはっきりと感じ取れるようになってきた。それは、龍のものがさっきよりも大きくなったから。

紅葉はにっこりと笑うと、今度は腰を前後に揺する。そうすると、前立腺《ぜんりつせん》付近を強く押されることになり、内壁が自然に、びくびくっ、と震えて、龍のものを締めつけた。

「あっ…あぁっ…」

紅葉の唇から、あえぎが漏れる。

「うわっ…エロ…」

龍がつぶやくと、つかまれたままの腕を引こうとした。だけど、紅葉はそれを許さない。

「だめっ…」

紅葉は、龍をにらむ。

「俺に、おとなしくされるがままになっといて。そういう約束でしょ」

「手も使うな、と?」

「もちろん」

紅葉はにこっと笑うと、龍の手をまとめて、ぐいっ、と上に押しあげた。身長差があるので、龍にされたときみたいにきっちり頭の上で押さえつけることはできないけど。それでも、ある程度は自由を奪える。

少し前かがみになったその姿勢で、紅葉は、ずるり、と龍のものを引き抜くように腰を

動かした。一番太い部分が内壁をこすって、紅葉はその気持ちよさに溺《おぼ》れそうになる。

だめ、だめ、だめ。

紅葉は自分自身を戒《いまし》めた。

これは龍を気持ちよくするためにやってることで、自分の快感を追っちゃだめ。

紅葉はすぐにまた奥まで龍を飲み込むと、ぎゅう、と龍を締めつける。

「どう？　気持ちいい？」

紅葉は龍の首筋に唇を落として、そのまま上に滑らせた。閉じたままの龍の唇に自分のを重ねて、上唇に吸いつく。軽く開いたところに舌を差し込んで、龍の唇の中をじっくり味わった。舌を絡めたら、内壁がひくつく。そのうごめきを利用するべく、紅葉は腰の動きを速くした。

ぐちゅん、ぐちゅん、と粘膜をこすられる音が大きくなる。

紅葉は唇を離さずに、龍の舌を吸いつづけた。

よけいなことを言われたくない。龍の性格からしたら、こうやって紅葉に翻弄《ほんろう》されるのは、きっと気分がよくないはず。いったんは承知したものの、どうにかやめさせようとするかもしれない。

手を押さえる力もゆるめない。

まさか、自分がこんなに大胆になれるなんて思わなかった。提案してみたものの、失敗に終わるかも、と半ばあきらめてもいた。

でも、いま、龍のものは硬くなって、びくん、びくん、と小さく震えている。

それが意味するものを、もう知っている。

数えきれないほどたくさん、体を重ねて。龍が紅葉の弱い部分や、イクときの癖を知っているように。

紅葉だって、龍の絶頂前の特徴を把握している。

紅葉は龍の唇をやさしく吸いながら、舌で唇の中を掻《か》き回した。

内部を犯されているのは自分なのに。この体勢だと、まるで龍を犯しているような気分になる。

そう考えたら、体がものすごく熱くなった。

実際にそうしたいわけじゃないし、龍に抱かれることだけを望んでいるけど。

どこかに潜んでいる男の本能が反応したのかもしれない。

紅葉は、じゅぶ、じゅぶ、と大きく音をさせながら、腰を上下左右、めちゃくちゃに動かした。それにあわせて揺れる自身からは、すでに先走りとは呼べないような量が滴《したた》り落ちている。

最後まで、キスをつづけた。

最後まで、龍の手を押さえつづけた。

龍が紅葉の中に放つと同時に、紅葉の先から白い液体が勢いよくこぼれる。あえぎは、全部、龍の唇の中に押し込めた。がくがく、と体を震わせながら、紅葉は龍の上に倒れ込む。

「…強姦された気分だ」

荒い息をつきながら、龍がつぶやいた。紅葉はにこっと笑って、龍を見る。

「偶然だね。俺も、似たようなこと考えてた」

「紅葉に犯されたなんて、俺のプライドが許さねえ」

龍はじろりと紅葉を見ると、そのまま、くるり、と体勢を入れ替えた。つながったままなので、内部をこすられて。イッたばかりの紅葉の中は、それに敏感に反応する。

「やぁっ…」

紅葉の唇から甘い声がこぼれると、ようやく龍は満足そうな表情になった。

「そうだよ。紅葉は、そうやってかわいくあえいでりゃいい。たしかに、紅葉が俺の上で動いてるのを見て、興奮したし、気持ちよかったけどさ。俺は、自分の指や舌を使って、紅葉をあえがせたい。紅葉はどうだ?」

龍に聞かれて、紅葉は少しためらう。

たった一度であきらめるなんて、そんなの悔しくない?

「これからも、俺を犯したいか?」

「…対等になりたいな、って思ったの」

だけど、うそはつきたくない。龍には、素直な気持ちだけ伝えたい。

「対等だろ」

龍は即座にそう答えてくれた。そのよどみのなさが、嬉《うれ》しい。心からの言葉だとわかるから。

「うん、そうだね」

龍に気持ちよくしてもらってばかりだから。自分からは何もできないから。経験値がちがいすぎるから。

だから、対等じゃない、と思っていた。

でも、ちがう。

おなじだけの欲望があって、おなじだけ快感をえていれば、セックスにおいて、自分たちは対等なのだ。

自分がリードする側になってみて、それがようやくわかった。

本当なら手を振り払いたいだろうに、おとなしくされるがままになっていてくれた龍を見て。

紅葉のしたことを全部受け止めてくれる龍を知って。

それもまた愛情なのだ、と気づいた。

紅葉のいいように。

その言葉に、偽りはなかったのだ。

だから、紅葉も正直に言う。

「…俺、向いてない」

「そんなの、最初からわかってる」

さっきのお返し、とばかりに、紅葉の両腕をまとめると、龍はそれを頭の上で押さえつけた。

「紅葉は、こうやってされたほうが興奮すんだろ?」

「…うん」

紅葉は、こくん、とうなずく。腕を使えないようにされて、これから龍の思うままにされる。

そう考えただけで、ぞくぞくと体の奥が震えてきた。

それでいいの?

龍を受け入れてるだけで、かまわないの?

「だったら、これからもずっと、そうされてろ」

噛みつくようなキスをされて、紅葉は夢中で龍の唇に吸いついた。

うん、このほうが絶対にいい。

龍に翻弄されているほうが、体が熱いし、興奮する。

「龍…ありがと…」

唇が離れて、少し息があがっている中、紅葉はそれだけはきちんと告げた。龍がにやっと笑う。

「礼を言うのは、まだ早いかもな」

それが何を意味するかわかって。

いまから、きっとひどいことをされる。我慢した分、いつもよりも激しいのかもしれない。

それに気づいて。

なのに、体が熱くなった。

まるで龍を犯しているみたい。

そう思ったときとは比べものにならないぐらいの熱さ。

うん、やっぱり、こっちがいい。

龍に意地悪されて、翻弄されて、乱されて、掻き回されていたい。

これからも、ずっと。

「早くないよ」

だから、ためらわなかった。

「俺のわがままにつきあってくれて、ありがとね」

「そんなかわいいこと言われると、ちょっと手加減してやりたくなるから困るんだよな」

龍は、ふう、と息を吐く。

「でも、しないんでしょ？」

「うん、しねえ」

龍はウインクすると、紅葉の首筋に噛みついた。

ほんの少し痛くて、だけど、それ以上の快感を与えてくれたそれに酔いながら。

このあと、何をしてくれるんだろう。

紅葉はうっとりと目を閉じて、そう思う。

「龍…大好き…」

「俺も、紅葉が大好きだよ」

首筋から降りた唇が乳首にたどりつくころには、紅葉のものは勃《た》ちあがっていた。

いつもとおなじ、だけど、いつもとは気持ちがちがうセックス。

それがすごく楽しみでしょうがない。

きっと、かなり意地悪をされるだろうけど。

それでもよかった。

大事なことがわかったから、何をされてもよかった。

「だからーっ！」

紅葉はわめいた。

「そんなことばかり思い出してるからダメなんだって！」

パソコンに頭を打ちつけようとして、思いとどまった。変なキーを押してしまって、今日書いた分が消えてしまっても困る。

……ま、困るほどの量じゃないけど。

「何行書けた？」

何ページ、じゃない。たった何行。朝、龍を送りだしてからずっと、リビングにノートパソコンを持ち込んで、がんばっているのに。お昼ごはんもパスして、画面とにらめっこしているのに。

書いては消し、また書いてはちょっと戻って読み直して、気に入らなくてそこから直し、などとやっているからか、作業としてはいろいろやっているのに、まったく行数が進んでいない。

文庫書き下ろしだから、雑誌の三倍ぐらい書かなきゃならないのに、このままだと締切に間に合うかどうか怪しくなってきた。

官能小説家としてデビューして最初の三年は、ほとんど仕事がなくて。ライターまがいのことをやって、どうにか生活費を稼いでた。割のいいバイトをする、という選択肢も、もちろんあったけど。文章だけで食べていきたかったから。

本業の官能小説はというと、何度もプロットを没《ぼつ》にされ、書いた作品には細かい直しを入れられ、それなのに、やっぱり全部書き直してください、とあっさり言われ。どうにかこうにかがんばって、ようやく雑誌に載ってもアンケートの結果がよくなくて、次回の予定は未定のまま。そんな絶望の淵《ふち》にたたき落とされるような感覚を、何度も味わった。

売れない作家に編集部から依頼が来るわけもなくて。紅葉が途中であきらめていたら引き止められることもなく、いまごろ、まったくちがう職種についていただろう。

官能小説家になりたい。

その気持ちが、ずっと揺らがなかったから。

どんなにダメ出しをされても、没にされても、残念ながら掲載できるレベルじゃなくて、と営業先で断られても。

それでも、しがみつきつづけた。

官能小説を書くのは楽しい。だから、やめたくない。

それだけが、紅葉の原動力で。そして、一番の強みでもあった。

「これで結構です」

電話の向こうで担当さんがそう言ってくれたときは本当に嬉しいし、自分の書いた作品が雑誌に載るだけで満足していた。

そして、三年目に転機が訪れる。

凌辱《りょうじょく》ものばかりを好んで書いていたけれど、ちょっとちがった感じのものが頭に浮かんで。女教師と男子生徒の物語を書きあげた。雑誌に載ったそれは、思いがけず好評で。初めてシリーズ展開ができた。ほかの男に手を出されたりしない、襲われたとしても最後は男子生徒が助けてくれるそのお話は、いままで二冊、文庫本が出ていて、来月、最終巻が発行される。

結婚させたらどうですか。

書き下ろし部分をどうしようと相談したときに、担当の宮野《みやの》は、そう提案してくれたけど。

紅葉の書きたいのは、官能小説だから。

恋愛小説じゃないから。

ひどい終わりかたにしよう、と決めた。

男子生徒が誤解をして、女教師を許せなくて、ほかの生徒をあおって教室で女教師を輪姦する。真実を知ったときにはもう遅くて。うまくいきそうだった雰囲気も全部消えてしまい、だけど、男子生徒は女教師への執着を捨てられず、女教師も男子生徒を見捨てられなくて。これからも、絶望の日々がつづいていくことを予感をさせたところで終了。

いままでついてきてくれた読者が、どういう反応をするのか、知りたいような怖いような気持ちで来月を迎える。

「ぼくは楽しく読ませていただきました。正直な気持ちをいえば、この女教師、さっさと別の男にやられてしまえばいいのに、と思っていましたし、そういうアンケートも結構あったんですよ。純粋にこの作品が好きな方に対しては、かなりの賭《か》けですが、安易にハッピーエンドにしなくて正解だったと個人的には思います」

宮野のその言葉を励みに、あとは待つだけだ。最終巻だから結果はどうでもいい、ということはなくて。本が売れなくなった昨今、営業はシビアに数字を見ている。ちょっとでも赤が出てしまうとつぎの文庫を出すのがむずかしくなるらしい。いま書いているのも入れて二冊、予定を入れてもらっているけれど。

営業にダメだと言われまして。

だれもが従うしかない、そんな魔法の言葉を使われたらおしまい。予定は未定なのだと、出版不況の現実を、売れっ子でもなんでもない紅葉は日々、実感している。そのためには、まずは最終巻。それがダメだったら、いま書いているやつを絶対に黒字にしなきゃいけない。

そんなことを考えているから、進まないんだろうか。

ハッピーエンドにしてたほうがよかったかも。

すでに著者校も終えて、紅葉の手を完全に離れてしまった女教師ものの書き下ろしについて、いまでも迷っているから。

そのせいで売れないかも。せっかくここまでがんばってきたのに。自分からプロットを積極的にいくつも送って、その中から使えそうなものを向こうが選んでくれる、というような仕事のやり方じゃなくて。

依頼をされて、締切がきちんと決められて、雑誌に載るなり文庫になるなりが確約されている。

デビューしたころには考えられなかった、そんな境遇にいさせてもらえるのに。

ここでつまずきたくない。

ありがたいことに、仕事先は増えた。だから、ひとつの版元から切られても、すぐに廃業とかそういうことにはならない。

だけど、最初のころからずっとお世話になってきた宮野に、まだ恩返しをしてないのだ。

龍《りゅう》かつら先生を育てたのは、ぼくです。

いつか、誇らしげにそう言ってほしいから。これからもずっと、宮野とともにいいものを作りあげたい。

今回、まったく新しいものを、ということで、テーマを奴隷《どれい》調教にした。人間性なんてまったくなる快楽の嵐に翻弄されて堕《お》ちていく主人公を書きたかった。道具を使われたり、野外で露出させられたり、さすがにスカトロまではないけど、なかなかえげつないプレイの連続。

そのためには、調べることがたくさんある。ああ、そういえば、あの道具って、とネットで調べて、そのうちに脱線して、いつの間にか『万年筆の成り立ち』という、どうでもいいものを読んでいたりする。

わかってる。これは逃げだ。

プロットはできた。宮野に、おもしろそうですね、と言ってもらった。あとは書けばいい。主人公をひどい目にあわせればいいだけだ。

頭の中で、物語は完全にできあがっている。それをキーボードに伝えればおしまい。なのに、指が動かない。どうでもいいようなところを、書いては消しの繰り返しで、まだ最初の調教シーンにすら入れてない。

文庫本は最低でも二百ページは必要だ。なのに、いまできているのが冒頭部分の五ページだけ。飲み物に入れられたドラッグでハイになった主人公が、とあるマンションの一室に連れてこられて、これから衆人環視の中で抱かれる、その説明を受けてケラケラ笑っているところまで。

官能小説で一番大事なのは、エロシーンだ。普通の小説とのちがいは何かと聞かれたら、即座に答えられる。

かならずヌケる場面を入れること。五割以上はエロで埋《う》めつくされていること。話なんて筋さえとおってればいいし、いっそのこと、筋なんてなくてもいい。

話はおもしろいけどヌケないんだよね。

話はないけど、俺のものが反応するんだよね。

官能小説においては、後者がほめ言葉だ。

紅葉が目指すのも、当然、ヌケる小説。いままでは、エロシーンを書くのが楽しかった。本当に楽しくてしょうがなかった。

だけど、いまはなぜか指が動かない。調教シーンになる前を、何度も何度も見返して、これ以上直すところなんてないはずなのに、細かいところの言い回しを変えている。

きっと、みんな飛ばすだろうところなのに。そのあとを、読みたいはずなのに。

「…いったい、どうしちゃったんだろう」

売れなかった三年間のあと、もう三年が過ぎて、いくらかは名前が知られるようになってきた。ライトノベルズのちょっとエロいやつ、というくくりのハニー文庫では、官能小説家が書いているという先入観なく読者には読んでほしい、との編集部の意向で、ペンネームを『春野《はるの》くるみ』と女性なのか男性なのかわからないようなものにした。そして、皮肉なことに、春野くるみはハニー文庫の中では結構な売れっ子になっている。龍かつらよりも、春野くるみのほうが、検索したらヒット数が多い。

とはいえ、官能小説という狭い世界の中での話なので、そんなにたいしたことはないけれど。ライターの仕事をやらなくても、収入的には問題なくなった。ただし、あれはあれで楽しいので、いまだにつづけている。

春野くるみは覆面作家という立場を貫いているし、ハニー文庫編集部には、問い合わせが来ても連絡先を教えないでください、と頼んである。ハッピーエンドで終わる、官能小説とはまたちがったライトなエロ小説を書くのは楽しいけれど。そっちを主流にしたくない。一年に一作か二作で十分だ。

龍かつら名義でなら、喜んで依頼を受けている。ただし、紅葉にも書けるスピードというものがあるから、キャパ以上を引き受けて、締切に追われる生活をしたくない。

龍先生は欲がなさすぎます。

宮野には、そう言われたけれど、一作一作、全力投球したいし、締切に間に合わせるためにいいかげんなものを出したくない。

だから、かなり大きな版元で部数や原稿料といった条件がどれだけよくても、スケジュール的に無理なら断っていた。

縁がなかったんだ。

悔しまぎれじゃなくて、本気でそう思うから後悔はしていない。

宮野以上に自分の作風をわかってくれて、宮野以上に的確なアドバイスをくれる編集と、今後出会えるとはかぎらない。

だったら、最初に自分を官能小説家として認めてくれたところと、優先的に仕事をしたい。

そのためには。

「書かなきゃ…」

紅葉は真っ白な画面を見ながら、キーボードに手を置いた。ドラッグで敏感になっている主人公は、何をされても感じてしまう。そんな主人公の体を、四方八方から手が伸びてまさぐるシーン。

考えただけで楽しそうで、書きたいと本気で思うのに。

最初の一文が思い浮かばない。

「もしかして、俺…」

そのつづきは、怖くて言えなかった。言霊《ことだま》の存在を信じているので、口にしたら本当になりそうで。

電話の音が聞こえてきて、紅葉はほっとした。

これで、パソコンに向き合わないですむ正当な理由ができた。

そう考える自分がいやで。でも、この状況がずっとつづけば、精神的に参ってしまいそうで。

セールスの電話だったら、興味があるふりをしてなるべく話を引き延ばそう。

そんなことまで画策してしまっている。

「はい、もしもし」

『あ、もしもし、龍先生ですか？　宮野です』

「宮野さん！」

紅葉は、ほっとしたあまり、なぜだか涙がこぼれそうになった。

宮野に相談したらどうだろう。

この何日か、ずっとそれは頭をよぎっていた。

こんな状態なんですけど、と説明すれば、宮野もアドバイスをくれるはず。

だけど、最近は龍先生の作品を安心して読んでいられます、と言われたばかりで。そして、その宮野の言葉が、とても嬉しかったから。

落胆させたくない。

その気持ちのほうが強くて、電話できずにいた。

原稿が進まないんです。

そう言ったら、せっかく見直したところだったのに、と思われそうで。

そんな人じゃない、と知っているのに、疑心暗鬼《ぎしんあんき》に陥《おちい》っていた。

でも、宮野の声を聞いて。

どれだけ話をしたかったのか、痛感した。

一人で抱え込んでいても、悪い方向にいくばかり。だったら、まだ間に合ううちに。締切が近づいて切羽つまる前に。

宮野に相談すればいい。

「どうされたんですか?」

『来月の文庫の見本誌が届きましたので、送っておきました。ご確認ください』

「あ…はい」

そうだ。それも悩みのひとつ。

『どうされましたか?』

紅葉の歯切れが悪いのに気づいて、宮野がそう聞いてくれる。

「あの話、あ、書き下ろしなんですけど」

紅葉がそこまで言うと、ああ、と宮野がうなずく気配がした。

『ぼくが提案した、結婚する終わり方のほうがよかったんじゃないか、とまだ迷っていらっしゃるんですか?』

くすり、と笑う声が耳に届く。

「はい。だって、宮野さんはぼくよりも長くこの業界にいらっしゃるわけで。その間、いろんなヒット作と消えてしまった作家さんを見てこられたでしょうから。その上でのアドバイスだったのだとしたら、やっぱりそうしたほうがよかったのかなあ、と」

『何がヒットするか、前もってわかっていたら、こんな楽な仕事はありません』

宮野はなだめるように言った。

『ぼくは、あの結末でよかったと思ってます。結婚するとか、恋人になるとか、官能小説じゃなくて、恋愛小説の結末ですから』

「そうなんですよ！」

紅葉は大きな声で同意する。

「それを求めている読者さんが多いだろうな、と思っても、俺はどうしても官能小説が書きたかったので。だから、あんなひどい結末にしたんですけど。でも、三冊つきあってくださった読者さんからしたら、裏切りなのかなあ、とか、いろいろ考えちゃって」

『読者が読みたいのも、官能小説です』

宮野がきっぱりとそう告げた。

『甘ったるいハッピーエンドが読みたければ、そういう小説を探すはずですよ。それに、編集部全体で会議をして、この方向でいい、ということになったんですから、龍先生がそんなに悩まれる必要もありません。もしダメだったら、ぼくたち全員の見る目がなかった、ということでもあります。だから、営業には、絶対に売ってください、と頼みました。大丈夫ですよ。うちの営業は優秀ですから』

宮野に言われて、紅葉の心が落ち着いてくる。

悩んでないで、もっと早く宮野に電話をすればよかった。信頼している人の言葉は、きちんと胸に響く。

「ありがとうございます」

最終巻については、悩んでもムダだ。もう書き上げてしまった。見本誌もできた。来月には店頭に並ぶ。

その結果を見てから、反省するか、喜ぶか、決めればいいことだ。

『いえいえ。ぼくも最終巻には期待してますから。見本誌が届いて、それを読めば、なんだ、やっぱりこっちでよかったんじゃないか、と思われるんじゃないでしょうかね』

「それを願ってます」

『ところで、話は変わりますが、いま進められてる原稿、どうですか？　龍先生のここまでの凌辱ものは久しぶりですし、編集部内にも楽しみにしているのがいるんですよ』

がんばってます。任せてください。

そう言えばいいのはわかっていた。そのあとで、でも、ちょっとつまっているところが、と気軽な感じで相談すればいいことも。

だけど、紅葉の唇からこぼれたのは。

「…宮野さん、助けてください」

そんな弱々しい言葉。

うそはつけなかった。

あきれられても、がっかりされてもいいから、宮野のアドバイスが欲しかった。

本当に、心の底から。


「ただいま」

「お帰り！」

紅葉は玄関に飛んでいって、龍に抱きついた。ちゅっ、ちゅっ、と何度もキスをすると、龍が驚いたように紅葉を見る。

「熱烈歓迎だな。どうした？」

「なんでもない」

紅葉はにこっと笑って、もう一度、音高くキスをした。龍の手を引っ張って、玄関を上がらせようとする。

「今日はごちそう作ったの！　早く、早く」

「ちょっ…待て！　まだ靴脱いでない！」

慌《あわ》てている龍を見て、紅葉は、ぱっと龍の手を離す。明らかに、はしゃぎすぎだ。

「いつものように手洗って、うがいしてから、そのごちそうとやらを食いにいくから、ちょっとは落ち着け」

「うん、ごめんね」

紅葉は、しゅん、とうなだれた。

「龍、疲れて帰ってきてるのに、俺、自分の都合ばっか押しつけて」

「んなことねーよ」

龍は、ぐしゃぐしゃ、と紅葉の頭を撫《な》でる。

「紅葉が元気なのはいいことだし。何かいいことあったんだろ」

「うん！」

いますぐにでも、龍に話したい。だけど、洗面所にまでついていったら、さすがに龍も迷惑だろう。

「ビール飲む？」

「飲む、飲む」

「じゃあ、注《つ》いどくね」

紅葉はキッチンに戻って、冷蔵庫から缶ビールを二本、冷凍庫から冷えたビールグラスをふたつ取り出してテーブルに置いた。プルトップを開けながら、洗面所の龍に話しかける。

「今日は龍がだーい好きなラムチョップだよ。つけあわせは、ミニポテトグラタン。あと、パンも焼いてみた。でも、それだけじゃお野菜が足りないから、コールスローも作って、それと、昨日の残りのかぼちゃの煮物。そこだけ、なんか生活感が出てていいでしょ」

「よし、飲もうぜ！」

目にもとまらない、とはこのことか、と思うような速さで、龍が自分の席に着いた。どうやら、ラムチョップが効いたらしい。

龍は紅葉の手から缶ビールを奪うと、自分でグラスに注いだ。ビールをうまく入れられるのは龍のほうなので、それは任せておく。

「けど、どうした？　ラム買うの、大変だっただろうに」

「いいの。今日はお祝いしたい気分だから」

近所のスーパーではラム肉を売ってないので、おいしいラム肉を取り扱っているお肉屋さんまで電車で行くことになる。乗り換えなくていいけれど、ちょっと遠い。そのお肉屋さんは、新鮮で安くて、そこで作っているソーセージやハムなどの加工品もおいしい。せっかくここまで来たんだから、という貧乏性も働いて、帰りは両手にたくさんの荷物を抱えることになってしまう。

なので、ラムチョップが食べたいとなると、週末、龍が車を出してくれていた。一人でそこに行くのは、かなり久しぶりだ。

駅から家までもちょっと距離があるから、と控えめに買ったつもりだったのに、駅の階段を上がるのにも苦労するほどの大荷物になった。帰り、近所のスーパーで野菜やら買おうと思っていたのに、それは挫折。ワインも買っとこう、というもくろみは、お肉屋さんで両手に荷物を持った瞬間に、あきらめていた。だけど、これからしばらくおいしいお肉生活が待っているので、文句はない。

いったん家に戻り、ラムの下ごしらえをしてから、今度は自転車で駅前まで買い物に行き、野菜とワインを無事に手に入れた。鼻歌まじりに家に戻って、まずはコールスロー作りから。野菜を細かく刻まないといけないので、なかなか時間がかかる。キャベツ、ニンジン、タマネギといった基本の野菜のほかに、そのとき冷蔵庫にある野菜もいろいろ入れて作るので、厳密に言えばコールスローではないんだろうけど、野菜がたくさん摂れるし、おいしいし、で龍もお気に入りだ。今日のには、ピーマン、キュウリ、トマト、ダイコンが入っている。

そのあとはパン生地づくり。ドライイーストを使って、さっくり簡単に。普通のと、中にレーズンが入ったものを作って、天板に置いたところで、いま駅に着いた、と龍から電話が入った。オーブンに天板を入れて、温度を調整して、そろそろ焼きあがるところ。

ミニポテトグラタンは、ジャガイモを薄切りにして、さっと湯にくぐらせて火を通してアルミホイルに何層かになるように入れる。その上から、生クリームと牛乳をあえて塩コショウで味つけをした簡単ホワイトソースをかけてから、オーブンで焼けばできあがり。これは少し冷めたほうが、ジャガイモの味がよくわかっておいしいので、すでにできている。

「うわ、すげーいい匂い」

パンの焼ける香りが、ダイニング中に漂ってきた。それとほぼ同時に、チン、と音がする。紅葉はオーブンレンジを開いて、上手に焼けたパンを取り出した。何かのお菓子が入っていた籐のカゴにナプキンを敷いて、そのカゴの中にきれいにパンを盛りつける。

「いまからラム焼くから、これ食べてて」

ダイニングテーブルに焼き立てのパンを置いて、キッチンに戻ろうとすると、がしっと手をつかまれた。

「まあ、待て待て。まずは乾杯しようぜ」

透明なビールグラスには、黄金比率で泡が立ったビール。すごくおいしそうだ。

「うん、そうだね」

いまは素直に、乾杯したい。

宮野から電話がかかってくるまで、絶望の中にいた。

スランプかもしれない。

怖くて口に出せなくて。だって、そう言ってしまったら、真実になってしまいそうで。一人で悩みつづけていた。

それが解消されたわけじゃないけど。

光明《こうみょう》は差した。宮野に正直に話して、本当によかった。

宮野は、締切過ぎてたらこんなこと言いませんし、逆に怒ってみせるでしょうけど、と前置きして。

今日は休んでください。

やさしい声で、そう言ってくれた。

だから、原稿を書くのをやめて、午後はごちそう作りに費やしたのだ。

これからどうなるかわからないけど。この先もずっと書けないままかもしれないけど。

それを相談できる人がいる。

一緒に解決しましょう、と励ましてくれる人がいる。

それだけで、こんなに心が軽くなるなんて思わなかった。

そういえば、お酒を飲むのも久しぶりだ。あまりにも原稿が進まないので、このところずっと、夕食後にもパソコンに向き合っていたから、夕食のときはお茶かお水を飲んでいたのだ。龍は、紅葉が飲もうと飲むまいと気にせず、自分の好きなようにやってくれるので、その点では気楽だ。

「紅葉の最近の悩みが解消したことに、乾杯」

カチン、とグラスをあわせられて、紅葉は体をすくめる。

「…バレバレ？」

「ただでさえ、紅葉は顔に出やすいんだ。何か困ってんだろうな、けど、俺に言わねえってことは仕事関係なんだろうし、しばらくほっとくか、って俺が思っても、フツーじゃね？」

「…龍、大好き」

見守ってくれていた。

きっと、何かしてあげたい、と思っていただろうに。

だって、逆の立場なら、紅葉はそう考える。

龍が悩んでたら。苦しんでたら。つらそうな顔をしてたら。

俺に何かできることはないかな？　話を聞くとか、そういうことでもいいんだけど。龍の気持ちを軽くするために、なんでもいいからさせてほしい。

心から、そう願う。

放っておくのが、一番むずかしい。

自分で解決できるはず。

それを信じてはいるけれど。

相談してくれたら、解決策が浮かぶんじゃないか。そうじゃなくても、一緒に悩むことができるんじゃないか。

そんなふうに自分の力を過信するかもしれない。

本当は、そんな龍を見ていたくないからなのに。

いつもの龍に戻ってほしいだけなのに。

龍はいつも見守ってくれている。紅葉が相談すれば、真剣に考えてくれるけど。それ以外は、干渉《かんしょう》してこない。

本当に心が大きくて、やさしくて、大人だ。

「知ってる」

龍はにやりと笑った。

「そこは、俺も、って言ってくれたってよくない？」

わざとすねたふりをしてそう言っても、龍は、ぐーっ、とビールを飲み干して、うまい！　とつぶやくだけ。

「あのね！　俺は、龍のことが大好きだよ、って言ってるの！」

「だから、知ってる、って言ってんじゃん」

「龍は!?」

龍は新しくビールを注ぐと、またそれを一気に飲んだ。

「ちょっと、龍！」

「だって、俺ら、一緒に暮らし始めて三年もたってんだぜ？」

それは、どういう意味？　もう最初の新鮮味なんてなくなって、好きというよりは家族愛みたいになってるってこと？

結婚ってそうだっていうよね。ってことは、龍もそんなふうに…。

「出会ったのは高校の入学式で、恋人になったのがその十年後。で、いまはおたがい二十八になって、そろそろ三十も見えてきてる。なのにさ、俺のこと好き？　うん、好き、大好き、とか、そんなバカバカしいことやってられると思うか？」

「え…でも…だって…」

昨日の夜は、大好き、って言ってくれた。今朝だって、いってらっしゃいのキスをした。さっきも、お帰りって抱きついて、いっぱいキスをして。

…そういうのも、全部迷惑だったの？　紅葉が望むから、しょうがなくつきあってくれてたの？

口をつけたビールから、味がなくなった。涙がこぼれそうで、だけど、それを我慢する。泣いたら、しょうがないな、まったく、と思われてしまうかもしれないから。

涙で解決しようなんて、とあきれられるかもしれないから。

「俺は、ずっとそうやってたい」

龍がにやりと笑った。

「紅葉には、いつだって、龍が好き、って言ってほしい。何年たっても、何歳になっても、ハタから見たらバカみたいな恋人でいたい」

「龍のバカッ！」

紅葉の目から、涙がこぼれる。

これは、安心の涙。だから、泣いてもいい。

「なんで、そんな意地悪すんの⁉」

「お返し」

「お返しって、なんの⁉」

こんなひどい仕打ちを受けるほどのこと、何かやった⁉

「悩んでる紅葉を見てるしかなかったつらさに対するお返し」

何も言えなくなった。

紅葉は書けなくてつらかったけど。それは自業自得《じごうじとく》で。龍にはなんの関係もない。

なのに、龍は見守ってくれていた。

口を出さずにいてくれた。

それのお返しだというのなら。

「…ごめんね」

謝ることしかできない。

「きっと、これから先もこんなことがあるだろうけど。それでも、龍は俺のこと好きでいてくれる？　恋人のままでいてくれる？」

「そんな紅葉がいやだったら、最初から恋してない。そのめんどくささも含めて、紅葉なんだからさ」

めんどくさい。

それは、とてもマイナスな言葉で。本当なら傷ついてもいいはずなのに。

嬉しくて笑ってしまった。

だって、それは、欠点も含めて好きでいてくれるということ。

完璧な人間なんていない。紅葉なんて、それとはほど遠い。

だけど、それを全部含めて、恋をしてくれているなら。

これからもずっと好きでいてくれるなら。

めんどくさい、と思っててくれてかまわない。

ビールを飲んだら、今度はちゃんと味がした。本当に現金だ。龍の言葉に、簡単に左右される。

「龍、大好き」

にこっと笑って、そう言ったら。龍も笑顔を返してくれて。

「俺も大好き」
甘い声でささやいてくれた。
その言葉さえ、あればいい。
龍が好きだと言ってくれれば、それだけで強くなれる気がする。
顔を近づけたら、龍が紅葉を引き寄せて、軽く唇を重ねてくれた。
ビールの味がする、苦いのに甘い、そんなキスだった。

2

あまったら冷凍しておこう、と思っていたラムチョップは、きれいに龍《りゅう》の胃の中に収まった。うめー、と嬉しそうに目を細めながらラムチョップをつぎつぎ口に運ぶ龍の姿は、見ていて、すごく楽しい。

ごはんを作るのはきらいじゃないし、苦にもならないけど。

こうやって、龍がおいしそうに食べてくれると、作る励みになる。

赤ワインが一本空いて、ほろ酔い気分になってきた。

「何か食べる?」

「コールスローがまだあるから、それでいい」

「あ、それ、明日の朝ごはんに使うから、適当に残しといて」

パン生地の残りがあるから、それでホットドッグ用の細長いパンを焼いて。お肉屋さんのおいしいソーセージを炒めて、コールスローと一緒に挟めば、おいしい朝食のできあがり。

そう説明すると、龍はコールスローのボウルから手を離した。

「やっべ、いますぐ食べたくなってきた」

「作ってもいいけど、明日の朝、ちがうものになっちゃうよ？」

龍は、うーん、と悩んで、しぶしぶ、あきらめる、と口にする。おなかいっぱいないまよりも、明日の朝のほうがおいしく食べられることに気づいたのだろう。

「あ、じゃあ、余分に作ってくれ。そしたら、弁当に持ってく」

最初のころはお弁当を作っていたけれど、ジムを改装して、カフェテリアをオープンさせてからは、龍はそこで食べるようになっていた。紅葉《もみじ》のごはんよりもおいしいから、とかじゃなくて、職員はタダだからだ。

何年かに一度、どんどん豪華になるような改装をするのは、経営者であり、龍のいとこでもある中川《なかがわ》が有能なせいだろう。うちの父親はここが赤字じゃないと困るらしいのよね、といたずらっぽく笑っていた彼女は、いまだにきっとすごい黒字をたたきだしているにちがいない。

「いいよ。ソーセージもパン生地もいっぱいあるし」

紅葉も、お昼にも食べよう、と思っていたので、多めに作ることは問題ない。

「じゃ、コールスローはおいとくとして。なんか、酒のつまみある？」

「焼きチーズ、作ってあげようか？」

「お、いいな！」

カマンベールをフライパンで焼いてトロトロにするだけの簡単なもの。それをクラッカーにつけて食べたら、絶品だ。

「ワイン、もう一本開けようっと。赤と白、どっちがいい？」

「白」

普通は白が先で赤があとなんだろうけど。気取ったお店にいるわけじゃないし、好きなものを好きなように飲むのが、いつものこと。赤でしぶくなった口の中を、さっぱりさせたい。

ささっと焼きチーズを作って持っていくと、龍がコルクを抜いて、ワイングラスに注いでくれているところだった。トトトト、と軽い音がする。この注ぐときの、なんともいえない心地のいい響きが、紅葉は大好きなのだ。

「乾杯」

グラスを掲げて、龍はワインを口に含む。

「お、辛口《からくち》でうめえ。昔はさ、ワインといえばフランスかイタリア、それも高いものほどおいしい、みたいな感じだったけど。最近は、チリだのカリフォルニアだのオーストラリアだのスペインだの、安くてうまいワインがたくさん輸入されるようになって、そんなに金をかけなくてもワインを楽しめるようになったから、いいよな」

「うん、ホントに」

高くておいしい、は当たり前。だけど、家で気軽に飲むのは、安くておいしいものがいい。千円ぐらいのワインを買ってもあまり外れがないのは、ありがたい。

「で、結局、なんだったわけ？」

ラムチョップをすべておなかに収めて、余裕が出てきたのか、龍がそう聞いてきた。

「書けないんだよね」

ほろ酔い気分のせいか、そういうことも素直に口に出せる。昨日までなら、なんでもない、とひきつった笑顔でごまかしていただろうに。

「それは、何も思いつかないってことか？」

「ううん、ちゃんと話を思いついて、あらすじみたいなのも送って、担当さんには、これでいきましょう、って言われて、あとは書くだけなんだけど。それが、まーったく進まないの。ここ四日ぐらい、ずっとそれにかかりきりなのに、二百ページ中、五ページしかできてない」

「締切は？」

「一か月近くあるから、いつもの調子なら大丈夫なんだけど。四日で五ページって計算すると、締切までには四十ページぐらいしか終わってなくて、完全に間に合わない」

「ふーん、紅葉もなかなか苦労してんな」

大丈夫だって、おまえならできる、と慰めるようなことも、大丈夫か？　と心配するようなこともなくて、淡々とそう言ってくれる龍の存在を、紅葉は心から、ありがたい、と

思った。

いまの自分に、もっとも必要なもの。

それが、話を聞いてもらうことだと、龍はわかっているのだろう。

「でも、好きでやってることだから。きっと、一か月後には、なんであのとき、あんなに悩んでたんだろう、って結果になるよ」

そうであってほしい。いままで、官能小説が好きだ、という気持ちだけで突っ走っていたのが、ちょっと認められるようになって、読者の存在を意識するようになったからこそつまずいているのだと、そう信じたい。

「こんなときに紅葉の悩みを増やすのは、俺の本意じゃないが」

龍のその言葉に、紅葉は顔をしかめた。

悩みを増やす？　どういうこと？

「今週の日曜、つまりしあさって。うちの親がここに来るから」

「あ、そうなんだ」

そういえば、一緒に住むようになって、一度も龍の両親には会っていない。高校のときも、一回か二回、遊びに行ったことがあるぐらいで、それも母親にしか会わなかった。

気が強そうで、苦手なタイプだな。

かすかにそんなことを考えた記憶がある。

「だったら、俺、出かけるよ。久々に親とゆっくり過ごせば？」

お正月は、それぞれ実家に帰ってはいるけれど。それ以外では親に会ってないはず。わざわざ来るなんて、そして、それを龍が許すなんて、よっぽどの事態なのだろう。だったら、自分はここにいないほうがいい。

その間、どっか行っててくれ、と言われても、別になんとも思わない。こんなの、悩みのうちにも入らない。

「逆」

龍はじっと紅葉を見つめた。

「ここにいてくれ」

「…なんで？」

龍の親と話すことなんて、何もない。父親にいたっては、顔を見たこともない。なのに、どうして、紅葉がいなきゃならないわけ？

「俺は一人っ子だから」

「うん、知ってるよ」

ついでに、紅葉も一人っ子だ。龍を好きだと気づいたあとにそれを聞いたから、そんな小さな共通点すら嬉しくて。

おんなじだね、と心の中でつぶやいたことを覚えている。

「家を継ぐだの継がないだの、いろいろあるわけよ。紅葉んとこは、そういうこと言ってこねえ？」

「ううん、まったく」

息子の職業から目を背《そむ》けることに精いっぱいで、ほかのことまで頭が回らないのかもしれない。つきあってる人はいるの？　すら聞かれたことがない。

「そうだよな。だって、まだ三十前だし。この年で結婚してるやつも、そんなにいないし」

「でも、高校のときの同級生、もう半分ぐらいは結婚してないっけ？」

「おまえは、どっちの味方なんだよ」

めずらしく、龍が不機嫌そうな様子になった。

「味方って？　だれとだれの間に、俺は立たされてるの？」

「俺と親、どっちの味方だよ、って話」

「それだったら、龍だけど」

龍の親なんて、ほぼ面識がないに等しいし。

「サンキュ」

龍の表情が、少しほころぶ。

緊張してるんだ。

それに、ようやく気づいた。

親が来ることなのか、それとも、これから紅葉に話す内容なのか、知らないけど。

龍は、ものすごく緊張している。

だったら、それをほぐしてあげたい。

「日曜日、ここにいればいいんだよね」

それが龍の望みなら、少しぐらい気まずくたってかまわない。

なんでもない顔をして、にこにこしながら、龍の親と世間話をしよう。

「いてほしい」

龍は真剣な顔つきになった。

「紅葉に、俺の親に会ってほしい」

「まるで、あれみたい」

この空気をちょっとでも軽くしたくて、紅葉は笑う。

「娘さんをお嫁にくださいさい、みたいな」

「似たような感じ」

…え？　いま、龍はなんて言った？

「あんたもそろそろ三十になるんだから、ふらふら遊んでないで、だれかいい人見つけなさい、って電話で母親に言われて。なんか、カチン、ときて、もういる、って答えたら、すんげー話が大きくなって。どうにか俺のところで止めようとがんばってたんだけど、ほら、あのシングルマザーのおばさんが」

ああ、同居するようになって最初のもめごとを引き起こした、あの人か。

「もう一緒に住んでるんだからいいんじゃないの、とか、うっかり口を滑らせやがって。いや、あれはわざとだな。いいかげん、ケジメつけなさい、って、ずっと言ってたし」

そのあと小声でつぶやいたセリフは、聞かないことにしてあげた。龍なりに、ストレスがたまっているのだろう。

「とにかく、一緒に住んでるのにあいさつもしないなんて、そんなバカげた話はない、とか、わけのわかんない状態になっちゃってさ。家で仕事をしてるし、いまは忙しそうだし、邪魔したくないから、って延ばしに延ばしてたんだけど。三十分ぐらいなら時間を取れるはず、って押し切られて。だから、日曜日、俺の恋人として。いや、ちがうな」

龍はじっと紅葉を見つめた。

「俺の生涯の伴侶《はんりょ》として。これから一生をともに過ごす相手として。俺の両親に会ってくれ」

そんなの無理だよ、とか。だって、許してくれるわけないじゃん、とか。できるなら会いたくないいんだけど、とか。

否定的なことばかりが、頭の中を回っている。

なのに。

「うん」

昏は、勝手に答えを返していた。心も、それが正しい、と告げていた。

生涯の伴侶。

そう言ってくれた人を。

大好きで、大切で、これから先もずっとそばにいたい、と思っている人を。

両親と紅葉の板挟みで困らせたくない。

三十分というわけにはいかないだろうし、あの気の強そうな母親からどんなことを言われるか、怖くないわけじゃないけど。

龍は両親に告げてくれたのだ。

もう出会った、と。

だから、心配しなくていい、と。

だったら、それに応えたい。

ふさわしい、とか、ふさわしくない、とか、そういうことじゃなくて。

魅かれあった。

どうしようもなく、恋をした。

それを恥じてはいないから。

男同士だということも、自分たちには障害でもなんでもなかったから。

「いいよ。会う」

紅葉がそう言った瞬間、龍が、ふう、と息を吐きながら、こつん、とテーブルに額を落とした。

「…よかった」

その声が、本当に小さくて。ようやくしぼりだした感じで。

龍はきっとずっと悩んでいたんだろう、と、それでようやく気づいた。

自分のことでいっぱいいっぱいで、わかってあげられなかった。

龍はそんな状態でも、紅葉が悩んでいることを知っててくれてたのに。

いつ切り出そうか、毎日のようにタイミングをうかがって。紅葉がどういう状況なのかを正確に把握して。

今日になるまで。

紅葉がようやく立ち直ったこの瞬間まで。

待っててくれたのだ。

もし、日曜も紅葉が落ち込んだままだったら、なんやかんや理由をつけて、紅葉を追い払ったかもしれない。

親の性格は、龍が一番よくわかっている。

ただでさえ大変そうなのに、追い打ちをかけたくない。

そんなふうに紅葉を思いやって、最後まで口をつぐんでいた可能性もある。

よかった。

スランプかもしれない状況を脱してはないけど、宮野《みやの》と話すことで気が楽になった。そのおかげで、龍を一人きりで親と戦わせずにすんだ。

間に合ってよかった。

本当に。

「俺、がんばるね」

認めてもらえなくてもいい。きらわれてもいい。罵声《ばせい》を浴びせられてもいい。

それでも、逃げない。

龍の隣に、いる。

「…ありがとう」

つぶやく龍の頭を、よしよし、と紅葉は撫でた。

龍のためなら、なんでもしてあげたい。

それを強く思う。

手を伸ばしてきた龍を、ぎゅっと抱きしめた。

龍が落ち着くまで。いつもの龍に戻るまで。

ただずっと、背中を撫でつづけていた。

「時計が進まないんだけど…」

紅葉は、うろうろうろうろ、部屋の中を何往復もしながらつぶやいた。龍はというと、余裕の表情でリビングのソファに腰かけている。

「うちの親が来る前に疲れるぞ」

「だって！」

紅葉は足を止めずに、龍に言い返した。

「何かしてないと落ち着かないんだもん！」

「だったら、酒でも飲むか？　リラックスできるぞ」

「で、酔っぱらったまま、あいさつするの？　それでなくても印象が悪いのに、それが最悪になっちゃうじゃん！」

「まあ、落ち着け」

龍はテレビをつけると、コーヒーをすする。三日前、あんなに緊張していたのがうそのようだ。

「龍は、なんでそんなに落ち着いていられるわけ？」

自分ひとりであたふたしてるのが、なんだかバカらしく思えてきて。紅葉は龍の隣に腰かけた。龍が紅葉を引き寄せて、ぎゅっと抱きしめてくれる。

「紅葉がいてくれるから。俺の親に会う、って、そんなに簡単なことじゃないはずなのに、それでも、逃げずにここにいてくれるから」

龍の言葉に、紅葉の心のざわつきが収まってきた。

そうだ。龍がいてくれるんだ。

たとえ、ひどいことを言われても、絶対に紅葉の味方になってくれる人。

すうっ、と気持ちが落ち着く。

うん、もう大丈夫。

「それにさ、紅葉のほうが、俺よりもっと怖いはずじゃね？」

「怖くない」

龍の親が、紅葉をよく思うわけがない。それがわかっているから。バカな期待をしてないから。

怖いというよりは、どうなるんだろう、と緊張しているほうが近い。

自分はどういう評価をくだされるんだろう。

「それは意外」

龍が驚いたように紅葉を見た。

「怖くねえの？」

「うん。怖いんじゃなくて、早く終わってほしい。なんていうんだろ。苦手なものが控えてて、それがさっさと過ぎてほしいような、一生、その時間が来てほしくないような、あんな気持ち」

「なるほど。俺もそれに近いかも」

龍は、うんうん、とうなずく。

「俺はさ、うちの親を知ってるから、対応策とか持ってるわけじゃん？　けど、紅葉にはそれがないから、紅葉を守るために堂々と親に立ち向かうって、昨日、決めた。だから、こうやってリラックスしてるわけ。最初から臨戦態勢だと、相手だって似たような感じになるし。できるだけ、紅葉をいやな目にあわせたくない。そういうわけで、友好的ムードを作ってんの」

「ありがとう」

龍が守ってくれる。

そのことを信じてる。

だから、自分も龍とおなじようにリラックスしてよう。

何を言われても、笑顔でいよう。

ちゅっ、と額にキスをされて。もっと、とねだるみたいに顔をあげたら、インターホンの音が響いた。龍が、ちっ、と舌打ちをする。

「ホント、いいタイミングで邪魔しやがるよな」

龍はインターホンの受話器を取って、あがって、とひとこと告げた。紅葉は深呼吸をして、笑顔をつくる。

反対されるのは、わかりきっている。悪者にされることを覚悟もしている。

この三日、いろいろシミュレーションをしていた。おかげで、原稿はまったく進んでいないけれど。

いまは龍の両親のことで大変なんだから。

そんなふうに自分をごまかすこともできたので、あまり焦《あせ》りはない。

インターホンが短く二回つづけて鳴って、玄関前に両親が来たことがわかる。

さあ、いよいよだ。

龍は、座っとけ、と言い置くと、玄関に向かった。呼吸が浅く速くなりそうなのを、意識して普通の状態に保つ。

緊張してないわけがない。少し、怖くもある。

だけど、いつかは通らなければならない道だから。

ずっと隠しておくわけにはいかないから。

これでいいんだ。

そう、自分に言い聞かせる。

「こんな部屋だったのね」

龍の母親の声が聞こえてきて、びくり、と体がすくみそうになった。胸に手を当てて、自分の心臓の音を聞きつつ、深い呼吸を繰り返す。

大丈夫。龍がいる。怖くない。

「こんにちは」

紅葉は立ち上がって、振り向いた。そこには、きちんと化粧をして、スーツを着た女の人が立っている。

最初は、認識できなかった。初対面から十年以上たって、明らかに老《ふ》けているというのと、以前みたいな気の強そうな雰囲気がなくなっていたから。

「あら、ちょっと、龍」

母親は龍をにらむ。

「いくら自分の味方がほしいからって、お友達を呼ぶのは反則じゃない？　それに、これは家族と、これから家族の一員になるかもしれない人と四人で話し合うべきことなんだから。えーっと、ごめんなさい、お名前は？」

「谷本《たにもと》紅葉です」

忘れているのは、龍の母親も一緒のようだ。

「谷本くんね。いつも龍と仲良くしてくれてありがとう。でも、申し訳ないけど…」

「こいつが」

龍が母親の言葉をさえぎった。

「俺の恋人で、同居人で、母さんが見合いを勧めるのを断りつづけてる原因。だれも、女だなんて言ってなくね？」

龍の母親は、ぽかん、と口を開ける。人は、本当に驚いたときには、こんな表情になるんだ、と、紅葉はなぜか客観的に思った。

龍の母親は、龍と紅葉の顔を交互に見ては、何かを言いかけて、また口をつぐみ、とうとう笑いだした。

「ちょっと、お母さんをだまそうとしたってムダよ」

「だまそうとしてねえし。つーか、立ってねえで座れば？　父さんも」

言われて、初めて龍の父親の存在に気づいた。白髪交じりの穏やかそうな初老の男性が、やっぱり、きちんとスーツを着て立っている。

「コーヒーでも持ってくるから。それとも、ほかのものがいいか？」

「ううん、コーヒーでいいわ。じゃ、お父さん、座らせてもらいましょうか」

二人は、そろってリビングのソファーに腰かけた。いつもは適当な場所に置いてあるソファーも、きちんと話し合いができるように、と向かい合わせてある。

紅葉は、ぺこり、と頭を下げて、龍を手伝うべくキッチンへ向かった。龍が、シンクに腕をついて、ふう、と息を吐いている。

「大丈夫？」

「ああ、紅葉」

龍が、ぱっと顔を上げた。

「さっきまで、大丈夫だと思ってたんだけど。実際、親を目の前にすると、なんかいろいろ考えちゃってさ」

「うん、わかるよ」

紅葉も逆の立場なら、ずっとキッチンにこもっていたくなるかもしれない。

「どうする？　彼女が仕事で出かけちゃって暇だから俺を呼んだ、ってことにすれば、時間は稼げるけど」

「それはダメ。今日逃げたら、つぎもおんなじことになる。それに、俺は紅葉を選んだこと、なんの後悔もしてないから。親に、きちんと紹介したい」

にこっと笑う龍は、本当にかっこよかった。

この人を好きになってよかった。

この人と恋に落ちてよかった。

ここにいられて。

親に紹介してもらえて。

本当によかった。

「俺の手、ぎゅって握って」

龍は両手を差し出す。紅葉はそれを、そっと包んだ。先端が冷たい。細かく震えている。

紅葉はぎゅっと力を込めて、温めるようにこすった。

「じゃあ、俺が話そうか?」

いまは、紅葉のほうがよっぽど落ち着いている。

「それもダメ。これは、俺の問題だから」

でも、俺の問題でもあるんだよ。

そう口にしかけて、思いとどまった。

たしかに、そうだ。親との関係については、紅葉は口を出せる立場にない。

それに龍の両親だって、赤の他人の紅葉から聞くよりは、息子にちゃんと説明してほしいはず。

「がんばって」

紅葉は、ぎゅっと、ぎゅーっと力を込めて龍の手を握ると、まっすぐに龍の目を見て、そう告げた。龍は、うん、とうなずく。

「コーヒーは俺が持ってくから。龍はご両親と話しててよ」

「わかった。サンキュ」

龍は手を引き抜くと、紅葉をぎゅっと抱きしめて。姿勢を正して、大股でリビングへ向かった。

その後ろ姿はたくましくて。

大丈夫。

今日、何度目かわからない、その確信をする。

反対されたって。いや、反対はもちろんされるだろうけど。

でも、大丈夫。

自分たちは、絶対に大丈夫。


「ということは、つまり」

口が開きっぱなしでなんの言葉も出てこない母親の代わりに、龍の父親が重々しく口を開いた。

「うちの息子は、いまはやりのゲイというやつなのか」

お父さん、それは感想がずれてます。

笑ってそう言えればいいけれど。重い空気に押しつぶされそうだ。

「冗談よね」

龍の母親は、ひきつった顔でつぶやく。

「まさか、あの龍が。中学のときは、いろんな女子の父兄から怒鳴りこまれて、頭を下げっぱなしだったし、高校では、その場に踏み込んだこともあるし、インストラクターになってからも、人妻に手を出して、相手に訴えられそうになったこともあるし、いとこの麻《ま》里《り》ちゃんも、あれは女で身を滅ぼすタイプだから、おばさん、気をつけたほうがいいですよ、って言ってたし…」

麻里とは、龍の働いているスポーツクラブのオーナー兼いとこの中川麻里のことだ。でも、中川は、紅葉と龍の関係を知っているはず。いったい、いつの話だろう。

「ゲイじゃないわよ、絶対に」

自分に言い聞かせるように口にする龍の母親を見てられなくて。紅葉は、コーヒーのおかわりを入れてきます、と立ち上がった。ここで四人かたまっていても、しょうがない。龍の母親が事実を受け入れるまでは、時間がかかるだろう。その間、キッチンに避難していよう。

「谷本くん、だよね」

龍の父親に初めて名前を呼ばれて、紅葉は、はい、と小さくうなずいた。何を言われるんだろう。穏やかな口調だけど、性格までそうとはかぎらない。

「コーヒーはいらない。いまは、私も妻も、何ものどを通らないから。それよりも、きみの話を聞かせてほしい」

「俺の、ですか？」

身辺調査だろうか。だとしたら、職業については、物を書いていまして、とごまかしたほうがいい。官能小説家です、と正直に答えても、印象はけっしてよくならない。

「そう。きみはゲイなのかね？」

「…むずかしい質問ですね」

幼稚園のころ、先生にあこがれていた。小学校のときは、活発で明るい女の子に淡い恋心を抱いていた。中学生になると、なんとなく、女子と距離を置いていて。特別にだれかを好きになったりはしていない。

初恋は、と聞かれたら、だから、龍になってしまう。

初めて、だれかを本気で好きになった。

その人のことしか考えられなくて。

ずっと、そばにいたくて。

でも、叶《かな》わないと思っていたから、告白して玉砕《ぎょくさい》するよりも、友達でいつづけることを選んだ。

龍に彼女ができるたびに、胸は痛んだけど。

それでも、縁を切りたくなかったから。

友達としてでいいから、一生、仲よくしていたかったから。

龍にしか、恋をしていない。

これから先も、龍だけ。

だから、もし、龍がこの世にいなくて。龍以外のだれかを好きになるとしたら、それが男なのか女なのか、紅葉にはわからない。

「龍以外の男性とつきあったことは？」

「ないです」

「龍以外の女性とは？」

「それも、ないです」

「ほらね！」

龍の母親が、突然、割り込んできた。

「やっぱり、そういうことなのよ！　恋がどんなのか知らない子が、龍にあこがれて、つきまとって、龍もものめずらしいから、それを相手にしてるだけ。なんだ、心配して損したわ」

ガタッ、と音がして、隣を見たら、龍がこぶしを握りしめている。紅葉はその手をそっと触って、大丈夫、と指先で伝えた。

こんな言葉、なんでもない。

紅葉を傷つけるものは、ひとつも含まれていない。

「恋がどんなのか、ちゃんと知ってます」

紅葉は冷静に告げる。

「高校で出会ってから、ずっと、龍に恋をしてきました。龍に彼女ができるたびに苦しくて、でも、どうしてもあきらめられなくて。龍もおなじ気持ちでいてくれた、とわかった瞬間のことは、これからも絶対に忘れません。恋なら、知ってます」

紅葉はまっすぐに龍の母親を見た。

「片思いだと思ってた期間も含めて十三年間、龍に恋をしつづけてますから」

「気のせいよ」

龍の母親は、鋭い目で紅葉を見返す。

雰囲気が丸くなった、なんて、大きなかんちがいだった。変わってない。この人は、気が強いままだ。

「だいたい、あなたみたいな子供に…」

「おいくつで結婚されましたか？」

紅葉の質問に、龍の母親が口をつぐむ。

「旦那《だんな》さまとは、いくつで出会われたんですか？　俺は、いま二十八です。自分で稼いで、自分で生活して、いろんなことを自分で判断しています。子供だと呼ばれるいわれはありません」

「あたしたちとは、事情がちがうでしょ！」

龍の母親は、金切り声と呼ぶのがふさわしいような甲高《かんだか》い声を出した。

「男と女が愛し合って、結婚するのが当たり前なのよ。もし仮に、本当にいやなたとえだけど、仮によ」

龍の母親が、顔をしかめながらつづける。

「龍があなたのことを好きだったとしても、相手のことを本気で思いやってたら、身を引くのが当然じゃない。あなた、結局、自分のことしか考えてないのよ。だって、そうでしょ。龍は一人っ子で、家を継がなきゃならないって知ってて、なのに、こうやって堂々とあたしたちと顔をあわせるなんて、非常識きわまりないわ」

「こうなると思ってた」

龍が静かな声で言った。

「母さんは、この状況が把握できず、パニックになって、自分が言ってることがどれだけおかしいのか気づかず、紅葉だけを責めるだろうな、って。んで、父さんは、そんな母さんを止めることもせず、ただ見てるだけなんだろうな、って。俺が、大学行かずにスポーツインストラクターになる、って言ったときとおんなじ。あのとき、母さん、恥ずかしくて世間に顔向けができない、って泣いたよな」

「いまは、そんなこと言ってるときじゃないでしょう！　桂家《かつら》が終わるかどうかの瀬戸際なのよ。恋をしてるとか、そういう子供の理想を押しつけないで、大人の判断をしてちょうだい」

「桂家なんて、終わればいいじゃん」

龍は、さらり、と告げる。

「そんなの、俺に言われても知んねえよ。俺が、将来、男を好きになる、ってことを見越して、もう一人でも二人でも何人でもいいけど、子供つくらなかった自分が悪くね？」

「龍」

紅葉は龍の腕を引っ張った。さすがに、それは言い過ぎだ。子供があと何人かほしくて、がんばったけどできなかったかもしれないのに。

龍は紅葉を見て、ふう、と息を吐く。とんとん、と紅葉の手を軽くたたいたのは、了解、の合図だろうか。

「それに、別にうち、本家でもなんでもないし。本家には後継ぎもいるんだから、桂家滅亡の危機でもねえじゃん。おんなじなんだよ」

龍は淡々と言葉をつむいだ。

「大学行かないなんて、親戚に対して、世間に対して、恥ずかしい。あのときとおんなじ。息子の恋人が男だなんて、だれにも言えない。恥ずかしい。そういうことだろ」

「そうじゃないわよ！　母さんはね、龍のことを思って」

「だったら、二度と訪ねてこないでくれ」

　龍の母親は、息を飲む。

「ちょっと、龍！　この部屋を借りるお金は、だれが出したと思ってんの!?」

「返したじゃん、全額。そのあとは、なーんの世話にもなってねえよ。あとさ、金のこと持ち出すのって、史上最高にみっともねえよ。ほかに反論することがないから、そうやって恩着せがましいこと言うんだろ」

「ちょっと冷静になりましょう」

　龍の母親は、何度か深呼吸をするとそう言った。

「龍、あなたは、母さんが反対してるから、興奮してわけがわからなくなってるの。のちのち振り返れば、母さんが正しいって理解してもらえるから。だから、とりあえず、その子とは別れて…」

「おまえ、バカ？」

　冷たい、まるで地の底から響くような声で、龍はつぶやいた。

「つーか、俺、こんなバカから生まれたわけ？　すっげーショック。とりあえず別れて、だってさ。意味がわかんねえ」

「龍！　あんた、親に向かって、そんな口…」

「んじゃ、親でなくなればいい。そのほうが、俺も、こんなバカげたできごとにつきあわされなくてすむし。ただ単に、自分の思いどおりにならないことがいやなくせに、絶対に自分のほうが正しい、とか、わけのわかんねえ理由つけて、俺の幸せを願わない親なんて、いらない」

「龍、言い過ぎだ」

父親が、ぼそり、という。

「それと、母さんは、もうちょっと落ち着きなさい。言ってることが支離滅裂《しりめつれつ》で、だれも説得できないぞ」

「あなたは、どっちの味方なの!?」

龍の母親がわめいた。

「あたしのほうが正しいのに、どうして、公平な父親を演じようとしてるのよっ！　別れろ、って、あなたからも言ってよ！」

「龍には龍の人生がある。そのぐらい、おまえもわかってるだろうに」

「その人生がまちがってるから、あたしたち親が、まともな道に戻してあげなきゃならないんでしょう！　しっかりしてよ！」

夫につかみかからんばかりに手を伸ばす龍の母親を、紅葉は冷静に見つめる。

龍も、龍の母親も、頭に血が昇って、話し合いができる状態ではないし、このままいっても平行線のまま。仕切り直したほうがいいに決まっているけど、二度目の会合を、龍は絶対に承諾しないだろう。

どうしたらいいんだろうな。このままだと、龍は本気で縁を切ってしまいそうだし、龍の母親は引き下がりそうにもないし、うまい解決方法を見出さないと、この先、二度と顔をあわせない、という事態になりかねない。

自分のせいで、親子関係に亀裂が入ってほしくない。

そういう意味では、龍の母親が言った、身を引くのが当たり前、というのは、ちょっと納得できる。

でも、それは無理だから、別の解決方法を見つけないと。

責められているのは、紅葉なのに。

かなりひどいことも言われてるのに。

こんなに平然として、その上、親子関係を修復するべくいろいろ考えていることが、自分でも不思議でしょうがない。

あ、そうだ！

「あの…ですね」

紅葉はおずおずと提案する。

「見なかったことにしませんか？」

谷本家では、普通に行われていることだ。紅葉の職業について、詮索《せんさく》しない、話題にも出さない、が暗黙の了解。

いやなことには目をつぶる。

それは、一番いい解決方法ではないけれど。

少なくとも、不毛な言い争いは避けられる。

「今日、ご両親はここには来なかった。龍には、生涯の伴侶としたい人なんていない。そういうふりをして、お正月だけ家族として過ごせば、表面上だけでもうまくいくと思うんですけど」

「そんなこと、できるわけがないでしょ！　あなたのせいで、あたしはこの先ずっと、龍のことで悩みつづけるのよ！　いい気味だって、見下してるの!?」

「いいえ、そんなことをするほど、お母様のこと知りませんし」

言ったあとで、しまった、と思った。案の定、その一点をまず攻撃される。

「お母様、とか呼ばないでよっ！」

…ほらね。

「もし、あたしが、あんたの母親だったら、力ずくで止めてるところよ。人様に迷惑をかけるような恋はやめなさい、って」

「俺を説得できてねえのに、よくもまあ、そんなことを」

龍が、ふん、と鼻を鳴らした。

「だいたい、なんで紅葉だけが悪いことになってんだよ。恋なんて、二人で落ちるもんなんだ。俺にだって責任はある。まず、息子から責めろよ。他人のせいにしてんじゃねえ」

「龍」

紅葉は、龍をなだめるように、背中をそっと撫でる。

「おんなじレベルにまで落ちたらダメだよ」

いくら正しいことを言ってても、頭に血が昇って、口汚くののしってしまった時点で同罪だ。

「だって…」

「龍、ダメ」

紅葉は首を横に振った。言い訳をすればするほど、泥沼に落ちる。自分がまちがってると思ったら、潔く認めることだ。

「なるほど」

龍の父親が、唐突《とうとつ》にそう口にした。

「どうやら、きみだけが、この中でゆいいつ、まともな判断力を持っているらしい。自我が強くて、意地を張りがちな龍のことも、きちんと理解してくれている。十三年の恋というのは、真実かどうかはわからないが、少なくとも、いまは二人でともにいて幸せだというのは伝わってくる」

「あなたっ！」

龍の母親の悲鳴。父親のほうは、まあまあ、となだめる。

「それをわかった上で、なおかつ、私は反対だ」

龍の父親は、きっぱりと言い切った。

「理由は簡単。同性に恋をするという感情が、私には理解できないからだ。若いうちは、まだいい。だけど、年を取って、よぼよぼのじいさんになっても、おたがいを好きでいられるのか？」

紅葉は、龍をじっと見る。白髪を増やして、顔中に皺《しわ》をくっつけて、背中が曲がって、しみとかもできて、完全な老人になった龍を想像して、紅葉は微笑んだ。

そんなときまで一緒にいられたら、こんなに幸せなことはない。

「はい」

紅葉は笑顔のままで、答える。

「一生に一度の恋を、龍にしました。だから、龍がどんなになっても好きでいつづけます」

「口では、なんとでも言えるわよね。でもね、恋なんて感情、そのうち消えるのよ」

「それは、旦那さんを愛してない、と。愛情もないけど、夫婦だし、離婚するのがめんどうだから、しょうがなく一緒にいる、と。そういうことですか？」

「だから、あたしたちのことは関係ないって言ってるでしょ！」

金切り声をあげる龍の母親を、父親がとりなした。

「いや、いまのは彼の言うことのほうが理にかなっている。だから、答えよう。そうだ。愛だの恋だのなんて感情は、すぐになくなる。私たちに残っているのは、人生をともに生きてきた、という同志のような思いだ」

「俺たちも、ご両親とおなじだけの年月を過ごしたら、そんなふうに思うのかもしれません。だけど、十三年たっても、俺は変わらず、龍が好きです。子供みたい、でも、おままごとみたい、でも、なんでも言ってくださってかまいません。この感情は、俺だけがわかっていればいいことです」

「つまり、引き下がるつもりはない、と」

「龍のことがきらいになったら、いつでも引き下がります。それまでは、龍のそばを離れるつもりはありません」

「あんたね！　人の息子奪っておいて、よくもそんな図々しいことを…」

「やめなさい」

龍の父親が、母親をとめる。

「人様の息子を奪ったのは、龍だっておなじだ」

「でも、龍は…」

「やめなさい、と言っている」

父親の静かな言葉に、彼女は悔しそうに唇を噛むとうつむいた。

「せっかくの日曜日に、邪魔をした。これ以上、話し合ってもムダなようだから、帰らせてもらおう」

「で？」

龍が肩をすくめる。

「俺のこと勘当すんの？　それとも、麻里に圧力かけて、俺の仕事を奪う？　あ、待った。たしか、麻里のお父さんのほうがえらくて、親父、そこに勤めてんだよな。圧力をかける立場にねえか。土下座でもすれば？　そうしたら、麻里には伝わるかも。ただし、麻里は自分の父親に逆らうことを無上の喜びにしてるから、俺をクビにはしないだろうけどな」

「情けない」

龍の父親は、あまり感情のこもらない声で、そう告げた。

「たしかに、母さんは言い過ぎた。谷本くんをかばいたい気持ちもあって、攻撃的になるのはわかる。だが、超えてはならないラインはあることぐらい、わかっていると思っていた。私や母さんをバカにするのは、そんなに楽しいか？」

龍が息を飲む。紅葉は、待った。龍が正しい行動をしてくれるのを。

さっき、紅葉がいさめた内容を、きちんと理解してくれていることを。

「…ごめん」

龍のその言葉に、紅葉は、ほっ、と息を吐いた。

うん、それでいい。

さっきのは、明らかに龍の言い過ぎだから。

「こっちこそ、谷本くんを責めるようなことを言って悪かった。母さんは、頭に血が昇ったら、思いつくことをなんでも言う性格で」

最後のは、紅葉に向けての言葉だろう。

ああ、そうか。

紅葉は、すとん、と腑《ふ》に落ちる。

龍の母親の言葉に傷つかなかったのは、感情がこもってなかったから。本気で言ってるわけじゃなかったから。

こんな関係、まちがってる。龍が道を踏み外すわけがない。

それが根底にあって、龍の目を覚ましたいから紅葉のことをいろいろ言ってたわけで。

龍に向けられた言葉は、紅葉には響かない。

それだけのことだ。

「でも、反対なんだよな？」

「反対したら、何か変わるのか？」

龍の父親は、そこでようやく笑顔を浮かべた。

「小さいころから、おまえはなんだって、自分の思いどおりにやってきた。私たちがいくら説き伏せようとしても、ムダだった。だから、大学に行かずにスポーツインストラクターになったんだし、谷本くんとのことも、自分にいいようにするのだろう。おまえの人生だ。好きにすればいい。ただ、私は反対だ、と自分の考えを述べてるだけだ」

「なんで？　男同士だから？」

いつもの龍が戻ってきていた。ちゃんと人の話を聞いて、相手を思いやれて、理解力もある、紅葉がよく知っている龍。

これなら大丈夫。

平行線はまじわらないけど。すりよることはできなくても。

おたがいの考え方を尊重することはできる。

「それもある。だが一番は、おまえたちの関係を、だれも祝福してくれないからだ」

「おばさんと麻里」

龍が簡潔に答えた。龍の父親は、なるほど、とうなずく。

「あの二人なら、たしかにそうだろう。だが、私が言いたいのは、そういうことじゃなくて。友達に知らせているか？　谷本くんの親御《おやご》さんは、理解を示してくれているのか？

それとも、私たちにひた隠しにしてたように、谷本くんも親に告白してないのか？」

「言ってません」

紅葉は正直に答えた。

「これからも言わないと思います。うちの親は、そういうことにまったく理解のない人たちですから」

「子供の幸せを願わない親なんていない。なのに、その親にすら秘密にしなければならない関係。それが健全だとは、どうしても思えない。だから、私は反対だ」

龍の父親はそれだけ言うと、母親をうながして立ち上がらせる。さっきまで、あんなにいろいろわめいていた龍の母親は、まるで電池が切れた人形みたいに何も言葉を発さない。

「とはいえ、おまえが幸せだというのなら、それを邪魔するほどひどい親ではないつもりだ。おまえの生涯の伴侶には会った。そういうことで手を打たないか」

「…紅葉の存在は認めるけど、基本的には反対ってこと?」

「そういうことだ。もし、友人知人、それに当然、谷本くんのご両親にも、生涯、ともに過ごす覚悟だと公表するなら、考え直さないこともないが。おまえにとっては、私の反対など、どうでもいいことだろう?」

「…そんなことはないよ」

龍が小さくつぶやいた。

「一応、考慮には入れる。けど、やりたいことは変わんねえし、恋に落ちる相手なんて、自分でコントロールできるわけじゃねえから。父さんになに言われても、俺は紅葉を離さない。ただ、それだけ」

「そうか」

父親はうなずく。

「まあ、せいぜいがんばりなさい。そのうち、私がまちがっていた、と言えるようになるかもしれないしな」

「そうなったら、すごく嬉しい」

そう言った龍は、息子の顔をしていた。紅葉が知ってる、意地悪で自信家で、世界は自分を中心に回ってる、と本気で思ってそうな龍は、どこにもいなかった。

またひとつ、新しい龍を知ることができた。

それが、すごく幸せに思える。

「それでは、谷本くん」

龍の父親が、まっすぐに紅葉を見た。紅葉も視線をそらさない。

「不肖《ふしょう》の息子をよろしく頼む。あと、妻の暴言を深くおわびしたい。本気ではない、などとおためごかしを言うつもりはないが、あんな毒にまみれた言葉は、忘れたほうが谷本くんのためでもあると思う。本当に申し訳なかった」

「いえ、大丈夫です。半分以上、聞いてませんでしたから」

にっこりと笑ったら、龍の父親も微笑んだ。

「きみは、いい子だな。龍には、もったいない」

「俺も、そう思う」

龍が即座に賛同する。紅葉は、そんなことないよ、と慌てて否定した。

もったいない、とか、もったいなくない、とかじゃなくて。

ただ、恋をした。

龍に恋をした。

それだけのこと。

「それじゃあ、また正月に帰ってきなさい」

「わかった」

きっと、紅葉のところのように、本音で話せないお正月がこれからは待っているのだろう。

それでも帰るのは、親のことを大事に思ってるから。

それでも迎えてくれるのは、子供を愛しているから。

すべての真実を明らかにする必要はない。親子間でも、秘密にしておいたほうがいいことはたくさんある。

龍の父親は、見送りはいいから、と言い置いて、母親を支えるようにして玄関に向かった。バタン、とドアが閉まる音につづいて、靴の、カツカツ、という響きが遠ざかっていく。

龍は、しばらくソファから立ち上がらなかった。両手に顔を埋めて、何かに耐えるように、じっといていた。

「…ごめん。俺が浅はかだった」

ようやく口にしたのは、そんな弱気な言葉。

「紅葉に会ったら、どうにかなるんじゃないかと思ってた。だって、紅葉は俺にはもったいないぐらいいい子で、親も許してくれると気楽に考えてたんだ。期待してない、って、キッチンでは言ったけど」

「わかってる」

紅葉は龍に体を寄せた。

どこか、つながっていたかった。

ここにいる。

そのことを、たしかめたかった。

「それより、お母さん、最後のほう、ずっと黙ったままだったけど、大丈夫なの？」

「ああ、あの人、いつもそうだから。言いたいこと、ばーっと言って、でも、俺が折れないとわかると、あんなふうに黙りこくる。実家にいたころは、一週間、まったく口きかないとかザラだった。子供みたいなんだよな、ホント」

「そうなんだ」

あれがいつもの状態なんだったら、心配することはない。

「…うまくいかねえな、いろいろ」

「うん、うまくいかないよ。でも、俺は龍がいれば、それでいい」

紅葉は龍をのぞき込んだ。

「そうやって落ち込んでる龍も、抱きしめてあげたくなるぐらい愛しい存在だけど。いつもみたいに意地悪してみる気、ない？」

「あー…」

龍はため息をつく。

「いまは、そんな気分じゃ…」

「お口でしてあげるよ？」

「おっし！　せっかくの日曜だ！　ベッドにこもるか！」

その切り替えの早さに、紅葉は噴き出してしまった。

だけど、それが龍らしくていい。

龍は紅葉の手を引いて、ズンズン、と寝室へ向かう。その途中で、いったん、立ち止まって。

「今日の俺、みっともなかったか？」

不安そうにそう聞いてきた。紅葉は、うん、と素直にうなずく。

「人の悪口を言ってる龍って、見たことないから。だから、びっくりしたし、途中で、やめなよ、って言ったりもした。でも、俺を守ろうとしてくれたこともわかってるから。みっともないけど、かっこよかった。龍が大好き」

紅葉はつないだ手に、ぎゅっと力を込めた。

「親に紹介してくれて、ありがとね」

結果は散々だったけど。それでも、紹介することそのものが、すごく勇気のいる行動だとわかるから。

「それと、うちの親に龍のこと内緒にしてて、ごめんなさい」

紅葉には、できない。

もしかしたら、いつか、自然にそうなるときが来るかもしれないけれど。

官能小説家になる、と宣言したあとの親の態度を知ってるから。

龍のことは、絶対に言いたくない。

「いや、俺、あんな攻撃、耐えられなくて、ぶち切れそうだから、いい。紅葉、すげー冷静だったよな。むかつかなかったか？」

「この三日、シミュレーションしてたから。もっとひどいこと言われるかと思ってたけど、案外、普通だな、って。それに、おたがいに激昂《げきこう》していったら、話し合いにならないでしょ」

「うちの母親相手に、話し合いなんてできるわけねーけどな」

それは、たしかに。

「それに、もともと覚悟して、あそこに同席してたわけだから。龍が謝ったり、心苦しく感じたりする必要はないよ。龍のお父さんの言うとおり、忘れよ」

「そうだな。それがいい」

龍はうなずいた。それから、にやりと笑う。

「それに、いまから、紅葉が俺のものくわえてくれるんだから、そっちを楽しまないと」

「そうだよ」

紅葉はにこっと微笑んだ。

「こんなふうに自分から提案するなんて、きっと二度とないから楽しんで」

「おう」

龍は紅葉を引き寄せる。

「ありがとな。そばにいてくれて」

「いつでもいるよ」

龍がいてほしいときには、絶対に。

「みっともない俺も、許してくれて」

「それでも、かっこよかったから。龍が大好き。それは、ずっと変わらない」

「俺も、大好き」

龍は、紅葉を、ひょい、と抱え上げて、ちゅっとキスをした。唇を合わせたまま、龍は器用に寝室のドアを開けて、ベッドになだれ込む。

「さあ」

龍は唇を離すと、目を細めた。

「何もかもを忘れるぐらいの快感、味わわせてやるし、味わわせてもらう。覚悟はいいか？」

「うん！」

紅葉はうなずくと、ぎゅっと龍にしがみつく。

いくらでも味わいたかった。

龍にになら、なんでもしてあげたかった。

3

「ん…いいよ…」

髪を撫でられて、紅葉《もみじ》は龍《りゅう》を見上げた。口いっぱいに入っている龍のものは、すでにかなり硬くなっている。先端を舐《な》めると、かすかに苦味のある液体が染みだした。

もうすでに慣れたその味は、紅葉をなぜか、ほっとさせてくれる。

けっして、おいしい、と感じるものではないし、いつもなら、自分から積極的にこんな行為をしないのだけれど。

親に拒絶される。

その痛みを、知っているから。

口では、平気だよ、と言ってても、実際は傷ついている。

それを、紅葉自身も経験しているから。

忘れるためにでも、考えないようにするためでもいい。いまは、素直に快楽に身を任せていてほしい。

紅葉は、じゅぷ、じゅぷ、と音をさせながら、唇を上下に動かした。飲み切れなかった唾液が、唇のはしから滴り落ちる。

「やらしい」

龍が目を細めた。

「俺のものをくわえて、一生懸命動いてる。その紅葉の姿に、俺はいつもそそられる、ってわかってるか？」

紅葉はかすかに首をかしげる。

三年、毎日のように体を重ねてきて、経験値は格段にあがった。恥ずかしいと思う気持ちは、どこか心の隅にあるけれど。最初のころのように、龍がする何もかもにとまどったりはしない。

いまは、もうちょっと回数を減らしてくれてもいいのに、という日々がつづいているが、しばらくしたら、龍も落ち着くだろう。一週間に一回とか、一か月に一回とかになって、紅葉のほうが、もっとしてほしいな、と思うようになるかもしれない。

そのときに誘うことができるように。

じっと龍を待ちつづけるんじゃなくて。

ねえ、龍、して。

そうやって口に出せるように。

どうすれば龍が欲望を感じるのか、知っておきたい。

だから、そうなの？　というように、龍をじっと見た。龍が、当然、とうなずいてくれる。

「俺は、紅葉だったらなんでもいいんだけどさ。こないだのもそうだけど、紅葉が積極的だと、ちょっとは安心すんだよ。紅葉も俺が欲しいんだな、って」

そうか。だったら、龍が手を出してくれなくなったら、いろいろ工夫して龍を誘惑すればいい。そのころには、いまよりも少しは上達してるだろう。

「でも、基本的には、俺に責められて、あんあんあえいでる紅葉が、一番かわいい。ってことで、口離していいぞ」

紅葉はとまどいながらも、龍のものを口から出した。

「中で出さなくていいの？」

「そういうことを、さらっとかわいく言えるところが、ホント、最強なんだよな。紅葉は、俺の飲みたかったのか？」

「ううん」

飲みたい、飲みたくない、のどっちかならば、別に飲みたくない。そうはっきり答えたら、龍がにやっと笑った。

「だろ？　いつもなら、紅葉の口に一発、そのあと、イッた分、余裕があるから、紅葉の体を隅々《すみずみ》までじっくりと愛撫して、紅葉を盛大にあえがせつつ、最後に紅葉の中に注ぎ込むところだけど。今日は、そこまでの元気が出なさそうだから」

やっぱり、龍は傷ついている。そうじゃないはずがない。ほかのだれもが敵に回っても、絶対に味方についてくれるはずだ、と信じていた親に否定される。

それは、ボディブローのように効いてくるのだ。

親の思うとおりに生きられないのだから、しょうがない。

そうやってあきらめられるのは、しばらくたってから。

自分の人生なんだから、親になんと言われようと好きなように生きればいい。

そう開き直れるのは、もっともっと時間がたってから。

「しなくてもいいよ」

紅葉はそっと、龍の手を握った。落ち込んでる龍に、上の空で抱かれたくはない。

ちゃんと、欲しがってほしい。

「ここまでしておいてか?」

龍は自身を指さす。そこは、まったく萎《な》えていない。さすがに、それを放っておくのはかわいそうだ。

「だから、口でイカせてあげるって」

「いやだ」

龍は首を横に振った。

「紅葉の考えてることはわかる。俺が、親とのことに気を取られて、おざなりにされるぐらいなら、さっさと口でして終わらせたい、ってことだろ」

「そんなこと思ってないよ！」

紅葉は強い口調で反論する。

「俺もわかるから。官能小説家になるって、すごく勇気をだして告げたのに、親に、そんなみっともない仕事につくなんて、世間様に顔向けができない、って言われたときに、たぶん、いまの龍とおんなじような気持ちになった。最初は、すごくむかついて、つぎに、自分を全否定されたみたいな気がして落ち込んで、その状態がかなり長いことつづいて、ようやくあきらめられるの。親の人生じゃないんだから、って自分に言い聞かせて、官能小説を書いてることを話題にせずに、お正月、にこやかに会話もできるようにもなる。でも、それには時間がかかるから。だから、無理しないで、って頼んでるの」

落ち込んでるなら、布団を頭までかぶって、そのまま眠ってしまえばいい。

そばにいるから。

抱きしめて、ずっと離れないから。

「今日の顔合わせは、最悪だった」

龍は認めた。

「紅葉の言うとおり、怒り時期が過ぎて、ちょっと落ち込んでもいる。だって、親だぜ？

俺の選択を支持してくれてもいいじゃん、って思ってもしょうがなくね？」

でもね、それはおあいこなんだよ。

紅葉は心の中で、そっとつぶやく。

龍は、もう十分、傷ついている。これ以上、追い打ちをかけたくない。大切な恋人なんだから、やさしく慰めてあげたい。

龍が親の悪口を言いたいのなら、黙って聞いていよう。

おあいこだというのは、冷静になったらわかる。

親が龍の選択を認めなかったのは、龍が親のしてほしい選択をしなかったから。

期待に背いたのは、おたがいさま。

だから、ひどく傷つけあうような言い争いになるし、自分の主張を一歩も譲らず平行線になるのだ。

「親父は、まあまあ理解してはくれてたみたいだけどさ。結局、反対なわけだし。せっかくの休みなのに気分が悪いっつーか、ムダな時間を過ごしたっつーか」

「そうだね」

紅葉はそっと龍の頬を撫でた。

「だったら、このまま…」

お昼寝でもする？

そう提案しようとしたのをさえぎられた。

「だから、紅葉が俺に乱されて、体をびくびく震わせてるところぐらい見れてもいいはずだ」

「…え？」

紅葉は首をかしげる。

龍は、何を言い出すの？

「この最悪な一日のバランスを取るために、俺は紅葉にぶち込んで、中をじっくり味わって、紅葉が快感に溺れている顔を見ながら、勢いよく注ぎ込む権利を持ってるはずだ。だろ？」

にやっと笑う龍に、紅葉は噴き出した。

そうか。龍は、そうやって自分を癒《いや》すのか。

紅葉のように気力がなくなるんじゃなくて。

積極的に自分から動きたいんだ。

「つーわけで、やらせろ」

「うん」

だったら、抵抗しない。龍の好きなようにしてくれていい。

龍は紅葉をベッドに横たわらせる。

「いっぱい意地悪するかもな」

「いいよ」

親にぶつけられなかった分を、八つ当たりしてくれていい。

いまは、そのためにいるから。

龍の傷を完全に治すことはできなくても、その手助けをしたいから。

「紅葉は、いい子だよな。ホント、俺にはもったいない」

「そんなことないよ」

紅葉はにこっと笑った。

「龍が、俺にはもったいないんだよ」

「…紅葉はなんつーか、ホントに」

龍はそこで言葉を切って、しばらく考えると。

「これしか浮かばねえ。けど、本音だから言うわ」

じっと、紅葉の目を見つめて。

「死ぬほどかわいい」

「…ありがとう」

顔が赤くなるのがわかった。まさか、そんなことを、こんなに甘くささやかれるなんて思ってなかったから、不意をつかれた。

どうしよう。すごくすごく嬉しい。

「全部、俺のものにしたいほど愛しい」

「龍のものだよ」

そのために生まれてきたのだ、と心から誓える。

龍のためだけに、紅葉の心も体も存在する。

龍がいなくなったら、生きていけない。

大切なものは、たくさんある。

官能小説家という仕事、各社の担当さん、応援してくれる読者さん、親や友達、その他、細かいものがいろいろ。

だけど、龍以上の存在はひとつもない。

龍がこの世からいなくなったら、なんのためらいもなく、紅葉は後を追うだろう。

官能小説家として名を成したい、とか。もっといい作品を作りたい、とか。

そういう志を持ってはいるし、仕事に対しては責任感も、ちっぽけだけどプライドもある。

だけど、生きる目的。生きる意味。

それは、すべて龍なのだ。

龍がこうやって、手の届くところにいてくれるからこそ、ほかのすべてのことをがんばれる。

バカみたいだと笑われてもいい。

そんな恋なんていつかは終わる、とあざけられてもいい。

十三年、恋をしつづけてきた。これからも、それは変わらない。

それが自分にとっての真実だから。

他人に何を言われてもかまわない。

「俺の全部、龍のものだよ」

「サンキュ」

龍はやさしく言うと、紅葉をそっと抱きしめる。重ね合った胸から届く、いつもより少し速い鼓動が、龍がここにいることを何よりも雄弁に物語っていた。


「あっ…あぁっ…」

顔を見てつながりたくて。正常位にしてくれるように頼んだ。龍のものが自分の中に埋め込まれる様子が知りたくて。紅葉は右足の膝《ひざ》付近を自分で持って、限界まで広げる。そうすると腰が自然に浮いて、はっきりとではないけれど、なんとなくはわかる感じになる。

龍は半分ぐらいまでゆっくりと入れてから、ぐいっ、と一気に奥まで埋め込んだ。紅葉の内壁がひくついて、それを迎えるようにうごめく。

「んっ…いいっ…あっ…龍…」

「なんだ?」

「触ってぇ…」

今日は一度も触れられてない場所。そこをどうにかしてほしくて、紅葉は頼んだ。龍が、ああ、というようにうなずく。

「そうだよな。紅葉だって気持ちよくなりてーんだもんな」

言うなり、龍は紅葉のものを手で包んだ。

「ちがっ…」

紅葉は、ぶんぶん、と首を横に振る。

そこじゃない。いじってほしいのは、ちがう場所。

「あ?　ちがう、って何が?」

わかってるくせに。わざと焦らしてたくせに。指を伸ばそうとしてやめたり、のどもとから手を滑らせて、斜めにいくと見せかけて方向を変えてまっすぐ体の中央をなぞったり、そんなことばかりしてたくせに。

おかげで、まったく触れられてないのに、そこは、ぷつん、ととがっている。それが目に入ってないわけがない。

「紅葉は、ここ触られても気持ちよくねえってことか？」

龍は、ゆるり、ゆるり、と手を動かした。それと同時に奥を突かれて、紅葉は体をのけぞらせる。

「そんなこと…いやぁっ…ないけどっ…あっ…あぁっ…」

紅葉の頭が、ぼうっとし始めた。

いまでも十分、気持ちいいけど。

まだ足りない。

全然、足りない。

「けど、なんだ？」

「乳首っ…」

この言葉を言うのが、一番恥ずかしい。男なのに、そこが感じるなんておかしいんじゃないだろうか、といまだに思っているからだろうか。

「いじってぇ…」

「紅葉は、乳首って言うとき、すごく恥ずかしそうな表情になる。それが、すっげーかわいい」

やっぱり、わざとだったんだ！

「いじってほしいか？」

龍は紅葉の顔をのぞき込む。

「指でいじるだけじゃなくて、吸ったり舐めたりしてほしいか?」

知らない、と言ってやりたかった。龍の思うとおりになんかならない、とつっぱねたかった。

だけど、乳首は触られてもないのにじんじんとして、紅葉をさいなむ。

「してっ…」

その欲情に負けた。

「乳首っ…指でも唇でも舌でもっ…いっぱい…いじってぇ…」

「俺の最悪な一日が、これでようやく報われた」

龍は満足そうに言うと、ようやく紅葉の乳首に触れてくれる。指でつままれて、ちゅっ、と軽く吸い上げられただけで、イッてしまいそうになった。それは内壁に伝わったらしく、龍がにやりと笑う。

「んなに、気持ちいいのか。紅葉、乳首好きだもんな」

「そんなことっ…んっ…あっ…あぁん…」

ふるふる、と指でこすり上げられて、乳首がいっそうふくらんでいくのがわかった。反対側には歯を立てられて、紅葉は体を、びくびくっ、と震わせる。

「好きだろ」

紅葉は潤んだ目で、龍を見上げた。

「好きっ…」

乳首をいじられることも、龍に抱かれることも、全部大好きだけど。

この好きはちがう。

「龍が…大好きっ…」

「あんまかわいいこと言うなって。もっと楽しみたいのに、できなくなんだろ」

龍は、ぐちゅ、ぐちゅ、と音をさせながら、紅葉の中を掻き回す。一番感じる部分を突かれて、紅葉の手から力が抜けた。結合部分が少しでも見えるように支えていた片足を、離してしまう。

でも、いい。

つながってるから。

どこも全部、龍とつながってるから。

見えなくても平気。

「俺がっ…ずっと…んっ…やぁっ…」

最奥をえぐられて、紅葉の中が小刻みに震えた。龍のものを締めつけて、それでいっそう、快感を覚える。

「龍の…そばにいるからっ…あっ…あぁっ…」

乳首を指で激しくこすられて。歯で噛まれて。強く吸われて。

紅葉の体の熱がどんどんあがっていく。

「龍のことっ…一生…大好きだからっ…あっ…だめっ…だめぇ…」

ずん、ずん、と大きく腰を動かされて、紅葉の内壁のうごめきが強くなった。

「イッちゃ…俺だけ先にっ…やっ…あぁっ…」

「大丈夫」

龍が紅葉を突き上げる。

「俺も、もう我慢できねえ。紅葉」

呼びかけられて、紅葉は龍を見た。

「愛してる」

「俺もっ…」

好きよりも、もっと強い気持ち。めったに言ってくれない言葉。

涙がこぼれそうになって、紅葉はどうにかこらえる。

笑っていたい。

龍には、笑顔だけ見せていたい。

「龍のこと…愛してるっ…あぁっ…」

言葉で気持ちが高まったのか、紅葉の先端から白いものがこぼれた。ほぼ同時に、龍も紅葉の中に注ぎ込む。

「ホントに…」

紅葉は息も整わない中、どうにか言葉をつむいだ。

「龍を…愛してる」

「俺も、紅葉のことをこれから一生、愛しつづける。だから、俺の生涯の伴侶になってくんね？」

「…いまさら？」

親に会わせておいて？　そのときも、そんなことを言ってて？

「よく考えたら、紅葉に返事もらってねえな、って思って」

紅葉はぷっと噴き出す。そういうところが、ものすごく龍らしい。

「うん、いいよ」

そう答えたからといって、自分たちの関係は何も変わらない。結婚できるわけじゃないし、いままでとおなじような日々がつづくだけ。

それに、そんなこと言われなくても、一生、そばにいる。

なのに、どうしてだろう。

胸の奥が温かい。心が満ち足りている。

「龍の生涯の伴侶になる」

そう告げたら、すーっ、と一筋、涙がこぼれた。それをぬぐって、紅葉はすぐに笑顔になる。

「これで、龍は一生、俺のものだよ」

「そんなの、ずっと前から決まってることだけどな」

紅葉は龍にしがみついた。

嬉しい、嬉しい、嬉しい。

龍の言ってくれることが、全部嬉しい。

「ありがとう」

紅葉はそっとささやく。龍が紅葉の髪を撫でてくれた。

「こっちこそ、ありがとう」

顔が近づいてきて、唇が触れる。

ただそれだけなのに、全身がしびれるみたいに甘かった。

いままでで一番、甘いキスかもしれなかった。


『どうですか？　順調にいってます？』

明けて月曜日。パソコンの前で、一向に進まない原稿を前にして途方にくれていたら、宮野《みやの》から電話がかかってきた。

「順調につまってます」

紅葉は正直に答える。

『そうですか』

宮野は深刻な声を出す。それを聞いて、紅葉は慌てた。

うっかり、本音を口に出してしまった。悩みなら、先週、聞いてもらったんだし、これ以上、迷惑をかけちゃだめ。あとは、自分でなんとかしないと。

「大丈夫です！」

紅葉はできるだけ明るく言う。

「それでも、ちょっとは進みましたから」

うそじゃない。今日、三行だけは書けた。いまだに調教シーンには入ってないけど。キーボードを押す指も動かないし、どう進めていいのか迷ってばかりで、ただぼーっとパソコンの画面を眺めているばかりだけど。

龍の親に会う、という、紅葉にとっては緊張を強《し》いられっぱなしだった用件はすんだ。結果はまったくもって不本意なものだったけど。龍は今朝もいつもどおり起きて、朝食をしっかり食べて、表面上は元気に出かけていった。いまだに落ち込んではいるだろうに、仕事に影響させないように気丈にふるまっている。

だったら、紅葉もきちんとやらないと。

たった五ページを何度も読み直してないで、一行でも先を書こう。

『無理しないでください。龍《りゅう》先生は、締切きっちり仕上げてくださいますが、少しぐらいずれても大丈夫なように、余裕を持った日にちにしてあります。なので、焦らずに、ご自分の納得のいくように、じっくり時間をかけて書いてください。シリーズものが終わってつぎの文庫ですから、いいものを仕上げたいとぼくも思ってます』

「え、でも、さっき、宮野さん、なんだか悩んでらっしゃるみたいな感じだったので」

『そうでしたか?』

「ええ。俺が、順調につまってます、と言ってしまったときに」

『ああ』

また不本意そうな声。いったい、どうしたんだろう。

『えーっとですね。できれば、この解決方法は取りたくなかったんですが、参考に、と思いまして、ぼくが担当している、ある作家さんに、スランプとかありました? というのと、もしあったなら、どうやって解消しました? って聞いてみたんですよ。そうしたら、作家同士で話したら解決するかも、と言われまして』

「え、それ、すごくありがたいです!」

紅葉には、官能小説家の友達がいない。普通に小説を書いてる知り合いもいない。だから、こういうとき、どうしていいかわからずに、一人で悶々《もんもん》と悩んでしまうのだ。

「どなた、って聞いてもいいですか？」

『…天堂《てんどう》先生です』

「…は？」

紅葉は受話器を持ったまま、固まった。

天堂先生、って、あの天堂近衛《このえ》？

『天堂先生は、パーティーでの件を、いまだに借りだと思ってらっしゃって』

「あの、俺、パーティーで何をしたんですか？」

龍はわかってる。宮野も状況を把握している。その場にいたのに、まるで部外者のように何も理解してないのは紅葉だけ。

天堂に貸しなんてない。

紅葉のその認識はまちがっているのだろうか。

『何もしてないです。天堂先生が、勝手にそう考えてるだけなので、気にしないでください』

こうやってかわされると、それ以上は追及できない。

『で、天堂先生が、龍先生がお困りなら手助けをしたい、とおっしゃって。あ、すみません。つい、龍先生だと口を滑らせてしまいまして。気を悪くなさっていなければいいのですが』

「あ、別にそれはいいです」

天堂みたいな雲の上の存在の人に、気にかけてもらっただけでもありがたい。

それに、できるなら話を聞きたいけれど。

「宮野さん、反対なんですよね」

だから、スランプを脱してないとわかったときに、あんな声を出したんだ。

会ってほしくないから。

忙しい天堂をわずらわせたくないから。

『正直に言えば、そうです』

そりゃ、そうだよね。超売れっ子の天堂の話なんて聞いても参考にならないだろうし、会わせるだけ時間のムダだとでも思っているのだろう。

『龍先生は、締切に関して、とても優等生ですから。天堂先生のおかしな影響を受けてほしくない、というのが、ぼくの本音です』

…あれ？　なんか、思ってたのとちがう展開なんだけど。

天堂に会わせたくないのは、紅葉を守ろうとしてのこと？

『ですが、一方で、天堂先生ほどベテランであれば、龍先生にいいアドバイスをされるかもしれない、とも思います。龍先生は、どうしたいですか？』

「お会いすることで、天堂先生の迷惑にならないのなら」

『迷惑じゃありません。それは、ぼくが保証します。天堂先生は、龍先生と一度じっくり話したいと思っていたそうなので。ですが…』

「天堂先生が、どんなふうに締切を破るのか知りませんけど」

悪影響なんて言葉、そうじゃないと出てこない。

「俺は、ちゃんと守ります。ただ、いまはちょっとつまずいてしまっているから、天堂先生にお話を聞ければ、すごくありがたいです」

『わかりました』

宮野の言葉が、歯切れのいいものに戻った。そう決まったなら、と気持ちを入れ替えたのかもしれない。

『天堂先生は、ちょうど昨日、うちの原稿を本当にぎりぎりであげられました。ものすごく迷惑をかけられて、ぼくの寿命は縮み、編集長の白髪は増え、印刷所の人をいらいらさせ、なのに、天堂先生本人は、明日から休める、とうきうき状態。そんなの、不公平ですよね』

「何がですか?」

『ぼくたちは、ほぼ徹夜で校正やらなんやらやってたのに。天堂先生だけが、いまこの瞬間、高いびきなんて、そんなの許せないじゃないですか。だから』

内容の割に、口調はいたずらっぽい。天堂にとってはいつものことだから、それほど気にしてはいないのかもしれない。

『いまから、急襲しましょう。ぼくが天堂先生をたたき起こしますから、あとは龍先生にお任せします』

「困ります！」

紅葉は叫んだ。

「そんなことされたら、天堂先生だってお怒りになるでしょう!?」

『そこで、借りがいきるんです。まあ、任せてください。龍先生、何時ごろなら出られます？』

紅葉は時計を見た。いま十一時前。さすがにこの時間からなら、龍が帰るまでには戻ってこられるだろうけど、用心するにこしたことはない。一応、夕食の下ごしらえをしておこう。あとは、着替えたりなんだりで、二時間もあれば余裕かな。

「一時なら」

『わかりました。その時間なら、天堂先生は夢の中です。起こしがいがありそうですね』

こんな人だったんだ、宮野さん。

いつも穏やかな宮野の意外な一面を知って、なんだか、紅葉まで楽しくなってきた。

天堂に話を聞いてもらって、アドバイスを直接もらえるなんて、よく考えたらすごいことだ。

緊張はするだろうけど、面識がある分、パーティーのときよりはまともな対応ができるはず。

最寄り駅の名前を聞いて、紅葉の家からかかる時間を考えて、そこで一時四十五分に待ち合わせすることにした。天堂の家へは歩いて十五分ぐらいらしいので、二時には天堂の家に着く。

『それでは、またのちほど』

宮野の電話が切れて、紅葉は、よしっ、と気合いを入れた。

天堂にまで会わせてもらえるんだ。ちゃんとスランプを脱出しなきゃ。

ちょっと書いてみようかな、とパソコンに向かって、いや、とそれを閉じた。逃げてるわけじゃない。もし、ここでのって書き始めてしまったら、夕食の用意や、宮野との待ち合わせに遅れる可能性があるからだ。

そう思えるようになっただけ、浮上しているのかもしれない。

紅葉は、まずは夕食の下ごしらえをするべく、立ち上がった。まだ、お肉屋さんで買ったものがいろいろ残っているので、タンシチューでも作ろうか、と思っていたのだ。

煮込み始めるには、ちょうどいい。

紅葉は鼻歌を歌いながら、冷蔵庫から材料を取り出した。

包丁で野菜を切っている間中、楽しくてしょうがなかった。


「で、いったい何事だ」

不機嫌を絵に描いた様子で、天堂は、じろり、と宮野を見た。宮野は平然としている。

天堂の家に着くと、合鍵を持っているらしい宮野は立派な門を開けて中に入った。広大な敷地の中には、少し古めの、だけど、とても風情のある広い日本家屋が建っている。その正面玄関も勝手に開けて、紅葉を呼び込み、応接間みたいなところに通されて、座って待っててください、と一人にされた。

かなり待たされるのかと思っていたら、髪がぼさぼさなままの天堂が出てきて、紅葉の正面に座り、いまのこの状況。

はっきり言って、帰りたい。

こんな天堂に、気軽に相談なんてできるわけがない。

「こないだお話ししたと思いますが、龍先生が悩んでいらっしゃいまして」

「なんのことか、まったくわからん」

天堂は顔をしかめた。

「龍先生」

宮野が紅葉をうながす。え、と紅葉は、内心でものすごく焦った。唐突にそんなふうにふられても、どう切り出していいのかわからない。

「あの、えーっと、その…」

紅葉があたふたしていると、天堂はわざとあくびをしてみせた。

「話がないのなら、寝るぞ。ここのところ、ずっと寝不足でな」

「自業自得です」

宮野が、しれっと言う。

「担当は、まったくやさしくないし。心身ともに疲れてるんだ。そこで、金魚のように口をぱくぱくさせてるだけなら…」

「お花、ありがとうございました！」

紅葉は思わず、そう叫んでいた。

「…いまさらか？」

天堂があきれたように紅葉を見る。

「あれは、もう何年も前のことだろう？」

「いいえ、そんなにたってません。だって、俺が、パーティーに出てもいいかな、って思えるぐらいには作品を発表できるようになったのって、ここ三年ぐらいのことですし。去年か、二年前か、そのくらいです」

「正確な日時はどうでもいい。それとも、おまえは、私がいつ花を贈ったかについて議論しに来たのか?」

「ちがいます」

紅葉は慌てて、首を横に振った。

「せっかくお花をたくさんいただいたのに、宮野さんを通じてお礼を伝えてもらっただけなので。こうやって再びお目にかかれたんだから、自分でも言っとかないと、と考えまして。あの、俺…」

紅葉は言葉を切ると、まっすぐに天堂を見る。

「緊張してるんです」

「だろうな」

天堂は伸びをして、少し離れたところに控えている宮野に向かって、コーヒー、とひとこと告げた。

「それは、龍先生とお話をしていただけるということですよね」

宮野がにっこりと笑う。天堂は、目が覚めたからな、といやそうに返した。

「龍先生も、コーヒー飲まれますか? ほかにも、お茶、紅茶、ジャスミン茶、麦茶、ゆず茶、梅こぶ茶など、なんでもそろってますよ」

「あ、梅こぶ茶、飲みたいです!」

いかにもほっとできそうな飲み物。それを口にすれば、少しは気持ちがほぐれるかもしれない。

「いい度胸だな」

天堂がにやりと笑った。

「こういうときは、私にあわせて、コーヒーで結構です、と遠慮するものだが」

「えっと、じゃあ…」

コーヒーは好きだけど、いま飲むと、よけいに緊張が高まりそうな気がする。

「いいんですよ、龍先生」

宮野がやさしく言う。

「お好きなものを飲んでください。梅こぶ茶、入れてきますね」

「じゃあ、私はコーヒーではなく、ジンジャーハニーティーで」

「はちみつしょうが茶ですか。わかりました」

宮野はすっと立って、応接間を出ようとした。それを天堂が呼び止める。

「やっぱり、ウイスキーをロックで。あと、つまみも適当に」

「まあ、締切終わりましたからね」

宮野は肩をすくめた。

「お昼間から飲んでくださってもかまいません。龍先生は、どうしますか？」

「俺は、帰って仕事をしたいので、梅こぶ茶で」

「わかりました。じゃあ、適当に話しててください」

部屋を出る間際、宮野が紅葉に伝わるように、唇だけで、がんばってください、と言ってくれた。

がんばりたいけど。

天堂に話を聞きたいけど。

何から相談すればいいのか、それすらも判断できない。天堂を前にして、緊張のあまり、頭が働かないのだ。

「パーティーのときの友人は、元気か?」

突然、龍のことを持ち出されて、紅葉はいぶかしむ。花といい、いまのこの会話といい、あのパーティーでは、いったい何が起こったのだろう。

「元気です」

「そうか。それならいい」

天堂は重々しくうなずくと、腕を組んだ。話題がないのは、天堂もおなじなのだ。

時間をムダにしている。

それがわかった。

自分の、ではない。天堂の貴重な時間を、黙りこくることで無意味に費やしている。寝ているところを起こされて、かなり機嫌が悪いはずなのに、天堂は話を聞こうとしてくれている。

だったら、きちんと聞かないと。

「天堂先生は、スランプってありましたか？」

「なぜ、過去形なんだ？」

天堂が眉をひそめた。

「え、いまもスランプ、ありますか？」

「あのな、私は機械じゃない。たとえ、私の生み出すものが天才的におもしろくて、みんながうっとりする内容で、私が雑誌に書くだけで発行部数が上がり、官能小説ながらすべての本がベストセラーになっても」

「なぜ、黙ってる？」

天堂はそこまで言って、言葉を切る。

「…え？」

いまのどこに、口をはさむ余地があったのだろう。天堂の言うことは、すべて事実なので、うん、そうだよね、とうなずくぐらいしかできない。

「そこは、何を自意識過剰なことを言ってるんですか！　と怒るところじゃないのか？」

「でも、天堂先生の作品は、たしかに天才的におもしろいですし、雑誌の部数についてはわからないですが、ベストセラーにはかならずランクインされるじゃないですか」

「…つまらん」

天堂は、ふう、と息を吐いた。

「そんな、どこの編集も言うようなほめ言葉、聞き飽きた。だいたい、私の作品を全部読んでないだろう」

「読んでます」

これは事実なので、なんのためらいもなく口にできる。

「俺は、官能小説を読むのも大好きなので。日本で一番売れてる官能小説家の作品を読まないわけがないじゃないですか。雑誌は、献本《けんぽん》で送っていただけるものにはすべて目を通します。ほかにも、自分で定期購読しているのもたくさんあります。天堂先生の本は、官能小説の棚じゃなくて、平台に、ずらり、と並べてあるので、新刊が出たらすぐにわかりますし、その都度《つど》、買ってます。もちろん、天堂先生だけじゃなくて、ほかの作家さんも、いろいろ読んでますよ」

「話を整理させろ」

天堂が、とん、とん、とこめかみをたたいた。寝起きの頭をはっきりさせたいのかもしれない。

「つまり、おまえは、年がら年中、官能小説ばかり読んでる、ということか？」

「はい」

「で、仕事も官能小説家。飽きるだろ、それは」

「いえ、まったく」

紅葉は首を振る。

「それどころか、これだけたくさん作品が出てるのに、まだ新たなシチュエーションやら、斬新《ざんしん》な展開やら、そういう手があったか、のエッチシーンやらあって、勉強することばかりです」

「本当に、官能小説が好きなんだな」

「天堂先生もそうでしょう?」

文学賞作家の肩書を捨ててまで、官能小説界にやってきた。依頼があるからだろうけど、毎月、かならず複数の雑誌で名前を見る。それだけ、書きたいものがある、という証拠だ。

「読んでるとわかります。本当に楽しんで書いてらっしゃるかたと、義務感からなんとなく書いてるかた。天堂先生は、明らかに前者です」

おなじ作家でも、作品によって出来不出来はかならずある。天堂は、その波がほとんどない、奇跡みたいな作家。何をテーマにしても、官能小説からずれずに、だけど、いままでにない新しい世界を生み出してくる。

天才、というのがこの世にいるなら、天堂はその一人だ。

「私のことはおいとくとして」

天堂は話をそらした。

「そんなに好きなら、その気持ちをぶつければ、なんの問題もなく書けるんじゃないのか?」

「いままでは、そうでした」

デビューして、没ばっかりで、つぎにいつ雑誌に載るのかわからなくて、落ち込んだり、悩んだりしていたときも。

小説を書くことを楽しんでいた。いまだって、それは変わらない。

そのころとちがって、たくさんの依頼がある。毎月のように、何かしらの締切を抱えている。お金にも少しだけだけど余裕が出てきて、預金額も増えた。

順調なのに。デビューしてから、いまが一番幸せな時期なのに。

なんで、進まないいんだろう。

それがわからない。

「天堂先生は、プロットもすべて決まっているのに、それでも書けない、という経験はおありですか?」

「おありじゃない作家なんていないだろ。だれだって、書けない時期は経験する。いつもより調子が悪いな、とか。ああ、これ、どう考えても駄作だな、と自分でわかっていても、締切に追われて、それを提出してしまう。で、落ち込んで、ますます書けなくなって、何が楽しくて小説家になったのか、そんな基本的なことまでわからなくなってしまう。小説とは、無から有を生み出すものだ。疲弊《ひへい》しすぎて、中身が空っぽになった人間が、そんな作業をできるわけがない」

それは、よくわかる。まっしろなところから始めて、途中、いろいろ悩んで、どうやって展開させるのが一番いいのか、ずっと頭の中で組み立てていく過程は、本当に苦しい。

これでいいのか、きちんと終わらせることができるのか、締切に間に合うのか、不安もたくさんつきまとう。

だけど、最後の行を書き終えて。句点をつけた瞬間。

その苦労なんて吹き飛んで、楽しさだけが残る。

だから、つぎの作品を書けるのだ。

「文芸作家というくくりだった終盤、私はずっと、そんな状態だった。スランプだとか言ってる場合じゃなくて、毎日、各社の担当から、どうですか、進んでますか、と催促が来て。それがいやで、電話線を引っこ抜いて、家から逃げ出したりもした。休みたかった。息をつきたかった。そのとき、気づいたんだ。私が書きたいものは、これじゃない、と」

売れっ子作家には、その立場なりの大変さがある。一度、そんなふうになってみたいけど、現実になったら、天堂とおなじく逃げ出してしまうかもしれない。

いまの量でも、紅葉にとってはかなり大変なのに。天堂ほどの仕事量は、こなせそうもない。

「官能小説家になってから、スランプはないってことですか？」

「スランプはある。気が乗らないときも、筆が走らないときも、締切なんて放っておいて、どこかに身を隠してしまいたい、と思うときも、当然のことながら、ある。だけど、物語が浮かんできて、書いてくれ、と催促するから、しょうがなく机の前に座って、万年筆を手に取るんだ。一日、そうやっていても一行も書けない日もあるし、絶好調過ぎて怖い時期もある。人間なんだから、好不調の波はあって当然だ。おまえは、いま、初めてのスランプでとまどってるだけだろう。しばらく締切のことを忘れて、ほかのことをしていれば、自然に、書きたい、と思えるようになってくるし、そういうときはちゃんと書けるものだ」

「…もし、書けなければ？」

スランプは、だれにでもあるんだろうけれど。それを克服する期間は、みんなちがう。

もし、紅葉のこれが一生つづくようなものなら？

もう二度と、小説が書けなかったら？

向き合いたくなかった真実が、ようやく見えた。

スランプなのを認めるのが怖かったわけじゃない。

官能小説家でいられなくなるかもしれないことが、怖かったんだ。

大好きな職業。ようやく、官能小説界で居場所と呼べるようなものも見つかって、これからだというのに。

二度と作品を完成させられなかったら、どうしよう。

「小説家じゃなくなるだけだ。簡単な話だろう」

簡単じゃない。そんなにすぐに切り替えられるほど、紅葉にとって官能小説は軽いものじゃない。

「才能で生きていくためには、その厳しさを自分で乗り越える必要がある。壁は、このあと、いくらでもやってくるぞ。スランプごときでそんなに動揺してたら、絶対に大成できない」

断言されて、それはそうだな、と納得した。

だけど、同時に、むっともした。

大成できない、なんて、そんなこと、いくら天堂近衛にだろうと言われたくない。

この道で生きていく、とずっと前に決めた。

幸いなことに、いまは食べていけるだけの仕事量をもらえている。

たしかに、いまはスランプだけど。じっと、パソコンの画面を見つめる日々だけど。

書きたい、という気持ちはなくしていない。

それはいつも、紅葉の胸の中にある。

「あんまり、龍先生をいじめないでください」

宮野が、お盆に飲み物やら食べ物やらを載せて、応接間に入ってきた。

「龍先生は、まだお若いんですし、経験も積まれてないんですから、いろんなことにつまずかれるのは当然のことなんですよ。みなさん、そうやって作家として成長していかれるんです」

ことん、と目の前にお茶を置かれて、紅葉はその香りを吸い込んだ。梅のいい匂いがする。一口すすったら、ちょっとしょっぱい、だけど安心できる味が、口いっぱいに広がった。

「何か、アドバイスはないんですか?」

宮野の言葉に、天堂は眉間《みけん》に皺を寄せる。

「私がスランプのとき、助けてくれる先輩作家なんていなかったぞ」

「その苦しみを知っているからこそ、有望な後輩作家を助けてあげよう、と心やさしい天堂先生は思われてるわけですよね」

宮野がにっこりと笑った。

いいなあ、この雰囲気。

紅葉は心の中で、こっそりつぶやく。

信頼しあっている作家と編集だからこそ、ポンポン言い合えるような空気が純粋にうらやましい。宮野は天堂の担当になってから長いと聞いてるので、そのせいもあるのだろう。

天堂と宮野はしばらく見つめ合って、結局、天堂が折れた。

「締切とかプロットとか、そういうものに縛られず、好きなように書いてみるといい。それでダメだったとしても、ここに優秀な編集が控えている。読者の視線で読んで、的確な批評をするのは、最初に作品を読む担当の仕事だ。スランプのときは、好きに書けばいい。名が売れてくると、読者を意識し始める。こうやったらウケるだろうか、とか、こういう展開をすると離れていくんじゃないだろうか、とか。もちろん、作品を発表して、だれかに読んでもらうからには、その本を手にする人たちのことを意識するのは、すごく大事なことだが。それればかり考えて、自分の書きたいものを見失ったら、遅かれ早かれ、仕事はなくなる。さっき、自分で言ってただろう。楽しんで書いてるかどうかは、読んでればすぐわかる、って」

はっ、と胸を突かれた。

来月出る文庫の書き下ろし部分。

あれが、まだ尾を引いているのかもしれない。

結末は、自分で決めた。そのときは、ベストだと思った。官能小説なんだから、これでいい、と。実は、結婚する、という宮野の案に従って、ちょっと書いてみたけれど。まったく何も思いつかずに、数ページで挫折していた。

だから、あの結末でまちがってないのだ、と。

だけど、そうやって自分に何度も言い聞かせること自体が、不安の現れで。まさか、すでに見本誌までできているのに、本当にあれでよかったんでしょうか、と宮野にしつこくたしかめるわけにもいかなくて。

最終巻の売り上げが悪ければ、いま書いてるものに自分の命運がかかってくる。

そんな悲壮な考えまで抱いていた。

そうやって、小説とはまったく関係ないことにがんじがらめに縛られて。正確に言えば、自分で自分を縛って。

いままでとおなじように、楽しく書けるわけがない。

「そうですよ。もし、ダメだったら、ぼくがきちんとそう言いますから。いままでだって、妥協せずにきたでしょう？」

「そうですね」

宮野はやさしい口調で、紅葉の小説を何度もばっさり切り捨ててきた。文庫にする価値がない、と判断すれば、書き直しを躊躇《ちゅうちょ》なく命じてくるだろう。

その宮野が、最終巻はあれでいいと思います、と言ってくれた。

いまだって、こうやって天堂に会わせてくれて、紅葉を慰める言葉をかけてくれている。

紅葉は梅こぶ茶を飲みほした。

書きたい。

そう、痛烈に思った。

あのつづきを。調教シーンを。思い切り、書きたい。

「ありがとうございました」

紅葉は深々と頭を下げる。

「おかげで、いろんなことがわかりました。天堂先生、お休みのところを起こしてしまって、その上、こんなくだらないことでお手をわずらわせて、申し訳ありません。宮野さんにも、たくさん心配をかけてしまって。天堂先生のところに連れてきていただいて。本当にご迷惑をかけました。もう大丈夫です、と言いたいところですが」

書きたい、という気持ちが、そのまま、書けた、に結びつくかどうかは、パソコンに向かい合ってみないとわからない。

「大丈夫だと思います、ぐらいにしておきます。それでは、俺、原稿を進めたいので、ここで失礼します。天堂先生、心からのアドバイス、本当にありがとうございました」

しばらく頭を下げたままでいてから、紅葉は立ち上がった。

「あ、じゃあ、ぼくも一緒に…」

「いいです、いいです」

紅葉は、ぶんぶん、と首を振る。宮野は、自分の飲み物も入れていた。ここにきて三十分もたってないのに、急かすのも申し訳ない。宮野も宮野で、天堂と話したいこともあるだろう。

「俺、ダッシュで帰りますんで。それでは、また、原稿を送ったあとで、厳しい批評をお願いします」

紅葉はにこっと笑うと、ドアに向かった。宮野は、もうとめない。

宣言どおり、紅葉は駅まで全速力で走った。

書きたくて、書きたくて、書きたくて。

頭の中には、それしかなかった。

4

「うん、いい調子」

紅葉《もみじ》は満足げにうなずいた。スランプは脱したけれど、まだ、以前のような勢いは取り戻していない。

だけど、ひとまず、調教シーンは終わった。三日で三十ページ。一週間以上かけても五ページしか進まなかった先週までに比べれば、なかなかのペースだ。

何よりも、自分の好きなように書けているのが嬉しい。今回は、宮野《みやの》に全面改稿を言い渡されてもしょうがない、という覚悟で、楽しく書くことを追求することにした。

最終巻の評判が悪くても、それはそれ。

自分なりの最善はつくした。宮野だけじゃなく、ほかの編集さんたちも読んでくれた上で、あれでいこう、ということになったのなら、少なくとも数人は、あの結末を気に入ってくれたのだ。

気にしない、と口にしつつも、ずっとどこかに引っかかっていたのだろう。それがなくなって、また小説が書けるようになった。

いまは、楽しくてしょうがない。

この調子だと、二百ページ書くにはあと三週間ほどかかる。締切はもっと前。明日から、少しずつペースをあげていこう。

「とりあえず、今日は終わろうっと」

夕食の準備をする時間だし、キリもいい。週末が休みの龍《りゅう》にあわせて、紅葉もなるべく土日に仕事をしないようにしているけれど。今回は見逃してもらおう。

「なに作ろっかな」

さすがに、お肉ばかりで飽きてきたので、今日はお魚にしよう。近所の魚屋さんに行って、おすすめの中から選んで、煮つけに。あとは、ごま油で食べる中華風冷奴と、切り干し大根とひじき。それに具だくさんのお味噌汁。それで足りなければ、龍には厚切りハムのステーキを出せばいい。

「うん、完璧」

買い物に行こうと、お財布を持って玄関に向かったところで電話が鳴った。宮野が、進捗状況を気にして、かけてきてくれたのだろうか。

「はい、もしもし」

『桂《かつら》さんのお宅ですか？』

震えるような、女の人の声。龍あての電話だ。

普通の電話は共有なので、こういうことがままある。担当さんに、電話は昼間にお願いします、と頼んでいるのは、龍がいないからだ。

龍《りゅう》先生いらっしゃいますか？　と言われて、龍が自分のこととかんちがいしたあげく、延々と話されても困る。

龍にかかってきた電話には、いつもなら、いまいないんですよ、と断ってから、伝言を受けるところなんだけど。

どうしよう。

紅葉はためらう。

龍は、紅葉と恋人になる前、けっしてほめられるような異性関係を結んではいなかった。

俺がやられたら、絶対に復讐するけどな。

苦笑しながら、そんなふうに言ったこともある。

この電話が、そんな女の子の一人だとしたら？　思いつめて、龍に何かしてやろうと思っているのなら？

「どういうご用件でしょうか」

ここは無難に、そうだとも、そうじゃないとも答えずに、メッセージだけもらえばいい。

あとは、龍に任せることだ。

『うちの子が、そっちにいます？』

…あれ？

紅葉は、かすかな違和感を感じる。

なんだろう、この声。震えてなければ、聞いたことがあるような…。

そこで、ガン、と衝撃がやってきた。

電話の向こうの相手は。

龍にかけてきたのは。

「…母さん？」

『…紅葉？』

母親は母親で、驚いたようだ。それもそうだろう。

引っ越すことは告げていた。だけど、だれかと一緒に住むとか、そういうことは一切、口にしていない。家電はないことになっていて、携帯だけで連絡を取る。

うっかり龍が出たりしないように。

一緒に住んでると、ばれないように。

なのに、どうして、母親はこの番号を知っているのだろう。

そして、どうして、紅葉がここにいるかどうか、知ろうとしているのだろう。

答えなんて、ひとつしかない。

だけど、認めたくない。

…ばれた、なんて、そんなこと想像したくもない。

『そこが、あなたの家なのね』
母親は淡々と言った。
『一人暮らししてると思ってた』
「…引っ越すって言っただけだよ」
苦しい言い訳だと、自覚している。
だけど、わからないから。
母親がどこまで知っていて、何をたしかめようとしているのか、見当がつかないから。
失言しないように。
龍との関係がばれないように。
細心の注意を払わないと。
『お友達と住むなら、そう言ってくれればいいのに』
「言わなかったっけ?」
とぼける。ごまかす。
とにかく、ここを乗り切ることだけ考えればいい。
そんな紅葉の決意を無視するように。
『それとも、恋人だから言えなかったの?』
母親が爆弾を落としてきた。紅葉の思考が、一瞬、停止する。

何を言われたか、理解したくなかった。

聞きまちがいであってほしかった。

「…何を言ってるの？」

ひきつった表情は、電話の向こうからは見えない。それを、このときほど感謝したことはない。

顔を見られたら、わかってしまう。

うそをついてると、完全にばれてしまう。

紅葉は頭をフル回転させた。どうすれば、母親のかんちがいだと思わせることができるのか、その方法を探す。

龍は高校のときからの友達だ。家賃を浮かせたくて一緒に住むことにしたとしても、なんの不自然さもない。

そうだ。それでいこう。

「母さんは、俺の仕事の話なんて聞きたくないだろうけど」

そう前置いておけば、母親も思い当たるふしがあるから、黙って聞いていてくれるだろう。

「引っ越したとき、ちょうど、俺、金銭的に苦しくて。龍が、だったら一緒に住もうか、って言ってくれただけ。そういう説明、しなかったっけ？」

紅葉はつぎからつぎへとでたらめを口にしながら、自分への嫌悪感でいっぱいになる。

だけど、一回、職業のことで、親に拒否された。

二回目は、耐えられる自信がない。

「母さんは俺の話を聞き流すことに、毎回、精いっぱいだったから、右耳から左耳へ抜けたのかもね」

『桂くんのお母様が、うちにいらしたの。あなたのこと、泥棒猫って言ってたわ。古い言葉を使うのね。ちょっと笑っちゃった』

……ああ。

紅葉は、絶望感でいっぱいになる。

そうだ。母親がここの番号を知ってるはずがない。だれかが教えなければ、かけてこれるわけがない。

そして、そんなことをできるのは、たった一人。

「ちがうんだよ！」

何もちがわない。泥棒猫かどうかは別として。龍の母親は、龍と紅葉が恋人同士である、と告げたのだろう。

それは真実だ。

この三年間、ずっと恋人だった。幸せだった。後悔なんて、まったくしていない。

なのに、それを否定しなきゃいけない。

全身が、引きちぎられそうに痛む。

生涯の伴侶なのに。

だれに認められなくても、自分たちでそう決めたのに。

親にすら隠して。うそをついて。ごまかして。

まちがってる。

それは、わかってる。

だけど、ほかの方法を思いつかないから。

正直に打ち明けて、龍の母親が言ったのとおなじような言葉を浴びせられたら、あのときほど冷静ではいられないから。

どうして。

紅葉は唇を噛んだ。

好きになっただけなのに。恋をしただけなのに。

それが龍だというだけで。

ううん、ちがう。

龍のことを何も知らずに、相手がただ男だというだけで。

こんなふうにうそをつきつづけなきゃならないんだろう。

「龍のお母さんは、こないだ来たときに、何か誤解して…」

「うちの親が、どうかしたのか?」

突然かけられた声に驚いて。振り返ると、龍が立っていた。

「龍…」

紅葉はとっさに受話器の送話口をふさぐ。親に聞かれたくない。龍にも、電話の相手を知られたくない。

だけど、どうすればこの場を切り抜けられるのか、糸口すらつかめない。

「だれ?」

龍が受話器を指さした。紅葉は言葉が出なくなる。

何を言えば、龍は納得してくれる?

うちの親じゃないと、信じてくれる?

「ごめん、かけ直す!」

紅葉は龍の声をかき消すように大声で送話口に向かってそう言うと、母親の返事も待たずに電話を切った。

「だから、だれ?」

龍の顔は真剣だ。紅葉はどうにか笑顔をつくろうとする。

「セールスの人…って言ったら、信じてくれる?」

「信じない」

それはそうだ。紅葉だって、そんなの信じない。

「そういえば、なんで、今日、龍は早いの？　忘れ物？　それとも、授業がなくなった？」

「今日は午後四時から設備点検で早く帰れる、って言ってなかったか？」

ああ、よかった。話がそれた。

「つぎは、俺が質問する番な。電話の相手、だれ？」

…甘かった。そんなわけがなかった。

紅葉はあらゆる知り合いの顔を思い浮かべて、がっくり、とうなだれる。

だれの名前を出しても、ムダなのだ。龍は、きっと予測がついている。ただ、確認したいだけ。

「うちの母親」

紅葉は小さな声でつぶやいた。

「龍のお母さんが、わざわざうちに来たんだって。で、泥棒猫がどうたらこうたら、って言われて、それが本当かどうかたしかめるために、この番号にかけてきたみたい。でも、大丈夫！」

紅葉はすべての力をふりしぼって、笑顔をつくる。

「ちゃんとごまかすから。龍には、迷惑かけないから」

方法は思いつかないけど。母親がいつかけ直してくるのかわからずに、ひやひやしっぱなしだけど。

龍に、心配させたくない。

日曜日の件で、龍は十分、傷ついた。

これ以上、悩ませたくなんてない。

「…俺はバカだ」

龍がいまいましそうに、吐き捨てた。

「本当に、バカだ」

「そんなことないよ!」

いったい、何に対して、バカ、と言ってるのかわからないけど。

自分を責めてほしくない。

龍が悪いわけじゃないから。

だからといって、紅葉が悪いわけでもない。

龍の母親も、自分なりの考えを持っているだけで、やりすぎたとしても、考え方を変えさせることはできない。

紅葉の母親だって、それはおんなじだ。

だれも悪くないのに。

ただ、恋をしただけなのに。

どうして、こんなことになってしまったんだろう。

「否定したか？」

龍は冷静な声で聞く。

「俺との関係を、否定したか？」

言葉が出なかった。

龍との関係を否定するのは、この三年間をなかったことにする、というのとおなじこと。

生涯の伴侶を、存在しないもの、にしてしまうこと。

龍は打ち明けてくれたのに。

どれだけ反対されても。ひどいことを言われても。傷ついていても。

紅葉を守るために戦ってくれたのに。

自分は逃げた。

親と戦いたくないから。

あの見捨てられた気持ちを、もう一度味わいたくなかったから。

この世で一番大事な人のことを、否定した。

「紅葉」

龍がじっと紅葉を見つめる。

「親に、俺との関係を完全否定したのか？」

紅葉はうつむいて、龍の視線から逃げた。

…もう、いやだ。

龍を好きになっただけなのに。

最初は龍の母親に、つぎは自分の母親に、最後には、龍に責められている。

どうすればよかったの？

何が正解なの？

教えてほしい。そのとおりにするから。

なんでもするから。

日曜日に戻って、やり直させて。

龍が、くるり、と体の向きを変えるのが、足の動きでわかった。そのまま、すごい速度で玄関に向かう。

声をかけたかった。

龍、待って！　と呼びとめたかった。

だけど、そうしたところでどうなるの？

龍の質問には答えられない。

親以上に、今度は紅葉が傷つけるだけ。

ドアが開く音がして、それがバタンと閉まっても。
紅葉はその場を動けなかった。
ただじっと、フローリングの模様を見つめつづけていた。

一時間ぐらい、リビングで立ちっぱなしでぼうっとしていた。
何が悪かったのか、それだけを考えつづけた。
結局、わからなくて。
何も思いつかないままで。
親との関係。龍との関係。
それを秤《はかり》にかけているようないまの状況に、本当にいやけがさした。
親には、一回、見捨てられている。だから、二回目が怖かったけど。
龍が、自分を見捨てたら。
そう考えたら、怖さのあまり、涙がぼろぼろとこぼれた。
親は、自分を愛してくれている。それは、知ってる。
だけど、龍の愛は、それとはまったくちがって。
なくなったら生きていけない。

大切なものの順番を、まちがえたらだめだったのに。

親に聞かれたら、そうだよ、それがどうかした？　と答えればよかっただけなのに。

それができなかった。

龍が目の前からいなくなって。

紅葉を責めもせずに、なんの声もかけずに、出ていってしまって。

そんな当たり前のことに、ようやく気づくなんて。

親に話そう。

自然とそう思えた。

何を言われてもいい。今度こそ親子の縁を切る、と言われてもいい。

だって、自分には龍がいる。

生涯の伴侶。

そんな大事な存在がいる。

できるなら、親との関係を修復したかった。以前のように、無邪気に甘えて、なんの含みもない会話をして、表面的じゃない仲のよさを取り戻したかった。

だけど、無理なのだ。

紅葉が紅葉であるためのすべてを、親は気に食わないのだから。

決めたら、簡単なこと。龍も、こんな気持ちだったんだろうか。こんなにすがすがしい気分になったのだろうか。

龍と話したくて。すぐに切られてもいいから、せめて、声が聞きたくて。

さっきから何度も電話してるのに、一向に龍は出てくれない。

親に話すよ。

そう伝えたいのに。

否定してごめんね。

そう謝りたいのに。

紅葉は留守番電話になった龍の携帯に、これから実家に戻ります、とメッセージを残した。

それだけで、龍はきっとわかってくれる。

それを信じてる。

傷つけたことは、どれだけでも謝るから。

許してほしい。

生涯の伴侶のままでいさせてほしい。

紅葉は携帯をぎゅっと握って、玄関へ向かった。

親に告白するために。

いままでの自分のうそを。

そして、いまの自分の真実を。

きちんと顔を見ながら、伝えるために。

龍の恋人として恥ずかしくない存在であるために。


「母さん、あのさ…」

実家に戻って、母親が玄関に出てくる時間も惜しいから自分で玄関のカギを開けて、バタバタとリビングに飛び込んだら。

あまりにも意外な光景に、紅葉は、ぽかん、と口を開けてしまう。

「だから、うちの母親の言うことは気にしないでください。昔から、ちょっと精神的にあれなんです」

なんで？

紅葉はじっと、その背中を見つめた。

なんで、龍がここにいるの？　そして、自分の母親の悪口を言ってるの？

…誤解をしてた。龍が聞きたかったのは、否定した、という返事だったのだ。

紅葉が、親にばれたくない、と思ってることを知ってるから。

だから、否定したのか、とあれだけしつこく聞いたのだ。

してないなら、自分が出向いて、誤解だと言い張ろう。

そう考えてくれたのだ。

いつだって、龍は紅葉を守ってくれる。

それを、知っていたはずなのに。

親に告げないぐらいで怒るわけがなかったのに。

どうして、信じなかったのだろう。

龍の愛は信じて。龍の心の大きさを信じていなかった。

…恋人失格だ。

「紅葉」

母親がにっこり笑って、紅葉の名前を呼ぶ。龍が、びくっ、と体を震わせて、ゆっくりと振り向いた。

「あなたのお友達が、自分たちは恋人ではない、と、この何十分か、ものすごい演説をしてくださるのだけど、混乱するわ。この方と、この方のお母様、どっちを信用するべきなのかしら」

母親は、悪い人じゃない。ただ、許容範囲が狭いのだ。

官能小説家も、男の恋人も、彼女にとっては、ありえないことで。そんなものが存在することすら認めたくなくて。

こんなふうな冷たい言い方になってしまう。

紅葉は、それを知っている。だけど、龍は知らない。

母親の言い草をまともに受け取ったら、龍の傷は深くなるだけだ。

紅葉は龍の肩に手を置いた。それから、母親をまっすぐに見る。

「俺を信用して」

「してるわよ」

母親は笑顔のままだ。まるで張りついているようで、それが怖い。

「俺が真実を告げるって、きちんと信用して」

「だから、してるって言ってるでしょ。で、どうなの？　この方は、ただのお友達？　それとも、恋人なの？」

「どっちでもない」

紅葉の言葉に、母親は明らかにほっとしたようだ。笑顔がつくりものじゃなくなっている。

ごめんね、母さん。

紅葉は心の中で謝った。

理想の息子になれなくて、ごめんね。

「じゃあ、ただの同級生で、経済的事情で一緒に暮らしてるだけなのね」

「ちがうよ」

紅葉は大きく息を吸う。

「龍は、俺の生涯の伴侶なんだ」

その言葉を聞いた瞬間、母親の表情が固まった。龍は驚いたように、紅葉を見上げる。

だけど、紅葉はまったく後悔していなかった。

こんなにすっきりした気持ちになるのは、本当に久々だ。

もっと早く言えばよかった。

この三年間、隠してたのがムダなことのように感じられる。

「母さんと、いまここにはいない父さんには申し訳ないけど、孫の顔を見せてあげることはできない。龍と一緒に生きていく、って決めたから。もし、そんな俺が許せないなら、縁を切っていいよ」

紅葉は、龍の隣に、すとん、と腰かけた。龍が、俺の努力をムダにしやがって、と、言葉の内容とは裏腹に、ものすごく嬉しそうな表情でささやいてくる。

うん、これでいい。

一番大事なのは、龍だから。

こうやって笑ってくれるなら、自分は何もまちがってない。

真実を口にした。

それで、親に見捨てられてもしょうがない。

「そんなはずがないじゃないっ！」

さっきまでの冷静さは、どこへやら。母親が立ちあがって、わめきたてる。

ああ、始まった。こうなったら、さっさと逃げ出そう。

「龍、もうここに用はないから…」

「あんたっ！」

母親は龍を指さした。

…遅かった。最悪だ。

「あんたが、うちの息子を悪の道に引きずり込んだのね！　紅葉はいい子なのよ！　他人の悪意とか感じ取れない、純粋な子なの！　あたしになんの恨《うら》みがあるのよっ！　あたしの大切なものに、なんで、こんなひどいことができるの！　紅葉が自分で選べるわけがないじゃない！　紅葉に、世間にも公表できない下賤《げせん》な仕事をさせてるのもあんたなんじゃないのっ！」

うん、変わってない。

自分の思いどおりにならないと、全部人のせいにして。

自分は悪くない、紅葉も悪くない、ほかのだれかが悪い。

そうやって責任から逃げて、自分を守っている。

悪い人じゃない。だけど、大人になって、いろんなことがわかるようになってからは、肉親としての愛情すら少しずつ薄れてしまっている。

「紅葉んとこも、結構、強烈だな」

龍がささやいた。母親は、いまだに意味不明なことをわめきつづけている。

「うん、そう。だから、逃げよ。聞いててもムダだよ。おんなじこと、ずーっと言いつづけるから」

「俺は、聞いててもいいけど」

にやっと笑う龍を、紅葉は軽くたたいた。

「俺はいやだ。さ、行こ」

紅葉は龍の手をつかむと、立ち上がる。そのままリビングを去ろうとすると、母親が追いかけてきた。

「ちょっと！　逃げられるとでも思ってるの!?　あたしはね、あんたたちが、そのバカみたいな、生涯の伴侶とやらを解消しないかぎり、どこまでも邪魔しつづけてやるわ！　電話番号も住所もわかってるのよ！　大家さんに電話して、追い出すように画策してやるわ！　そんな変態を住まわせておくような人、この世に存在しないんだからっ！」

ああ、もう本当にうるさい。父親に、いったい、この女のどこがよくて結婚したのか、問いつめたい。

きらいになりたくないのに。

親として好きでいたいのに。

そんな気持ちすら摩耗《まもう》させる、このマシンガンのような悪口雑言《あっこうぞうごん》はどうにかならないのだろうか。

「やっぱ、気がすむまで聞いたほうがいいんじゃね?」

龍が耳打ちしてくる。紅葉は首を振った。

「気がすむのって、一日たったあとぐらいだよ」

「…それは、さすがに無理だな。じゃ、逃げるか」

「うん、逃げよ」

あとをついてくる母親を無視して、紅葉は靴を履く。龍も履いたのを確認して、紅葉は母親を振り返った。

「じゃあね、母さん。もう二度と会わないかもしれないから、体に気をつけて、元気でね」

「ちょっと! あんたはだまされてるのよ! あたしの言うことを聞いてればいいの! あんたの考えは、全部まちがってるの! あたしの言うとおりにすれば、きちんと生きていけるから…」

「バイバイ」

紅葉は笑顔で手を振ると、玄関を出た。外にまで追いかけてこないのは、知っている。

世間体《せけんてい》に縛られている人だ。あんな姿を、近所にさらす気はないだろう。

紅葉はしばらく黙って歩いた。龍も何も言わない。

家から十分離れたところに来ると。

「俺は自由だーっ！」

紅葉は大きな声で叫んだ。ぎょっとした顔で通行人に見られようと、まったく気にならない。

「アイム・フリー！」

あってるかまちがってるかもわからない英語で、そう言った。

こんなに心が軽いのは、生まれて初めてかもしれない。

龍が、わしわし、と紅葉の頭を撫でてくれる。紅葉は龍に、全開の笑顔を向けた。

龍がここにいてくれる。

そのことが、本当に幸せで。

ずっと笑みがこぼれていた。


帰り道、なんとなく電車に乗る気分でもなくて。時間がかかってもいいから歩いていこう、と、どちらからともなく言い出した。道がわからないから、大きな道路へ出て。方向

だけはたしかめつつも、のんびりと足を進めていると、龍がぽつんとつぶやく。

「俺さ、紅葉が、あの日、冷静だったわけがわかった」

龍は紅葉を見て、にやっと笑った。

「自分の親じゃないと、結構、どうでもいいのな。自分が責められてるんだけど、あー、まー、そう思われても当然ですよね、みたいな、どこか他人事っていうかさ。もともと覚悟してるからかもしんねえけどさ。あの日、俺は初めて、親を殴りたい、って本気で思った。でも、紅葉はそこまでむかついたりはしてねえだろ？」

「うん」

紅葉はうなずく。

「今日の龍とおんなじ。まあ、そう思われるのも当然ですよね、って。で、支離滅裂だなあ、っていうところだけ反論したんだけど、それが火に油を注ぐっていうか。気に食わない相手に正論はかれたら、だれだっていい気持ちしないことに気づいたから、途中からはほとんど黙って聞いてたし」

そんなの恋じゃない、とか。そういう決めつけは、少しむっとしたけど。紅葉を傷つけたい、ただその気持ちだけで、自分でも何が言いたいのかわからないだろうに弾丸のように悪口をぶつけられても、よくこんなに口が回るな、とか、そのぐらいしか思わない。

だけど、それが自分の親なら話は別。

日曜と逆の立場になって、どうして、龍があんなに怒っていたのか、言っちゃいけないとわかっていただろうに、それでも言葉を止められなかったのか、理解できた。

紅葉だって、あんな母親を見せたくなかったから。龍の悪口を言われたくなかったから。さっさと退散しようと思ったのだ。

結局、できなくて。

みっともないところを、全部見せて。

その間、龍は黙っていた。もしかしたら、おもしろがっていたのかもしれない。

わあ、俺、こんな悪人にされてる。

それを楽しんでいた可能性もある。

「俺、あんなに真剣に受け止めて、ものすごく落ち込まなくてもよかったのか」

龍が肩をすくめた。

「え、落ち込んだのは、親とケンカしたからじゃないの？」

「ちげーよ」

龍が眉をひそめる。

「親とケンカなんて、日常茶飯事だし。母親があそこまで常軌を逸《いっ》した行動をとったのは、初めて見たけど。今日、わかった。あれはさ、自分の子供は悪くない、自分の育て方もまちがってない。じゃあ、だれにぶつければいい？　あ、ここに他人がいる、こいつなら攻撃してもいいはずだ、って思うから、ああなったんだな」

「そうだよ」

紅葉はくすりと笑った。

「龍でも、理解に時間がかかることはあるんだね。俺はさ、そんなのとっくに知ってたから。さっきもそうだったからわかってると思うけど、うちの母親が、全部、他人のせいにする人だから。俺が官能小説家になるって告げたときも、官能小説というものがこの世に存在するから悪い、とかまで言い出しちゃって。その前に、紅葉に官能小説を読ませた人とか、売った書店とか、そういうのも責めてた。理解できないんだと思う」

「子供には、子供なりの考えがあるってことを？」

「それもそうだし、こんなにきちんと育ててきたのに、どうして自分の意にそわない方向へ進むのか、とか。結局、子離れができてないいんだよね。子供は自分の付属物みたいに考えてて。でもね、それでも」

紅葉は言葉を切って、龍を見る。

ここに龍がいてくれる。だから、強くなれた。

それを実感する。

官能小説家になるのを反対されたとき。今日みたいに、自分と紅葉以外のすべてが悪い、と何かに取りつかれたように言い募っていたとき。

自分のすべてを否定されたような気がして、ものすごく傷ついた。

だから、二度とあんな母親を見たくなかった。

でも、それは、龍がいなかったから。

友達としては、ずっとそばにいてくれたけど。

紅葉の痛みもともに引き受けようとしてくれる、紅葉のためなら、わざわざ実家までやってきて母親に言い訳をしてくれる、紅葉を守ってくれる存在ではなかったから。

だって、いま、こんなに気持ちが穏やかだ。

ようやく、親に隠していることがなくなった。

龍を、生涯の伴侶だと、ためらうことなく口にできた。

何を言われてもいい。自分は大丈夫。

本当なら、紅葉の母親にだって理解してほしいだろうに、ごまかしつづけている龍を見たら、自然に思えた。

この世の全員が敵に回っても、自分の味方についてくれるのは親だけだと、小さいころは思っていたけど。

いまは、ちがう。

龍だけが自分の味方でいてくれる、と心から信じられる。

母親のように、だれかのせいにするのではなくて。この世が悪いから紅葉がまちがった方向へ行った、だから紅葉は悪くない、と、自分をごまかしながら、それでも息子を見捨てられずに味方してくれるんじゃなくて。

紅葉がどんなに悪いことをしても、それでも俺はそばにいるよ。好きでいるよ。

龍ならそう言ってくれると、なんの迷いもなく信じることができる。

龍さえ、いてくれればいい。

それだけで、紅葉の世界は完結する。

「それでも？」

黙ったまま、龍をじっと見ていたら、うながされた。

「…忘れちゃった」

でもね、も、それでも、もいらない。

「龍がいてくれるならそれだけでいい、って考えてたら、何もかもどうでもよくなった。たぶん、龍の留守電に、録音時間ぎりぎりまでさっきのつづきが吹き込まれてるんだろうけど」

「うわー、聞いてみてえ」

龍がいやみでもなんでもなく、本気で楽しみにしてるような口調でつぶやく。

「えー。いやな気分になるだけだよ」

「だってさ、俺は、おかしいのはうちの母親だけだと思ってたわけよ。あんな、だれが聞いてもまちがってる理論を、それでも、あたしは正しいの！　って感じで矢継ぎ早に述べて。その隣で、父親は、どうやって口を挟んでいいかわからずにぼーっとしてるだけ。俺が、母親の気に入らないことをすると、昔からずっとそうだったし。あーあ、まともな家に生まれてたら、まともに育ったのに、とか、傲岸不遜《ごうがんふそん》なことを思ってたわけ。けどさ、ちがうんだよな」

龍は紅葉に手を伸ばして、そっと指を絡めた。

ここは外で。往来で。大きな道路沿いだから、結構、周りに人も多くて。

だけど、そんなのどうでもよかった。紅葉は、ぎゅっと龍の手を握り返す。

「あのお母さんに育てられても、紅葉は、俺がいままで出会った中で、最高に素直で、愛くるしくて、かわいくて、人をねたんだりうらやんだりしなくて、きちんと自分のやりたいことを見つけて、それを真剣にがんばってる。世をひねても、当然なのに」

「…ありがとう」

そうやって本気でほめられると、どうしていいかわからない。

嬉しいけど、とまどってしまう。

だって、龍が言うほど、自分の性格がいいとは思えないから。

「でも、龍だって」

「ろくでなしで、人の気持ちなんかどうでもよくて、傲慢で、自信家で、まあ、仕事はきちっとやってるな。そこぐらいかな、ほめられるの」

「え、俺、いま言った全部が、龍のいいところだと思ってるよ？」

だから、好きになった。

自分にないものを持っていて、まぶしくて、きらきらしていて。

ああなりたい、とあこがれていた。

それに、もうひとつ。

「あと、龍はやさしい」

紅葉は絡めた指に、少し力を込める。

本気だよ、と伝えたくて。

「いままで出会っただれよりも、俺にやさしくしてくれる。芯がしっかりしてるし、社交的だし、責任感も強い。ほら、龍もいいところ、いっぱい」

「そうやって言われると、悪い気しねえな」

龍は微笑んだ。

「まあ、俺らがある程度、まともに育ったのも親のおかげだし、日曜といい、今日といい、自分の親にほとほと愛想がつきることもあるけど、血がつながってんだもんな」

「うん、そうなんだよね」

龍の言いたいことが、よくわかる。

龍に対してあんなことを言われて。縁を切ってもいい、と最後通牒《つうちょう》をたたきつけてはみたものの。本気でそれを望んでいるわけじゃない。

しばらくは気まずい日々がつづくだろうし、今年のお正月は実家に戻れないかもしれない。

それは、官能小説家になる、と宣言したときと一緒。

だけど、時間がたって。また少しずつ歩みよって。触れられない話題がふたつに増えたとしても。

『今年は帰っていらっしゃい』

母親からそう言われたら、紅葉は実家に戻るだろう。

大学を卒業するまで二十二年間、一緒に暮らしてきた。ケンカも数限りなくしたけれど、つぎの朝、かならず母親は朝ごはんを作ってくれていたし、おはよう、と何もなかったかのように話しかけてくれた。

家族とは、そういうものだ。

一番近い分、激しい感情を遠慮なくぶつけあえるし、それがこじれて修復不可能になることもあるかもしれないけど。

そうじゃなければいいな、と思う。

また今回も、もとに戻れればいいな。

前回、拒絶されたときのように悲壮な気持ちにならないのは、龍がいてくれるから。

いまも、手をつないでいてくれるから。

だから、怖くない。

万が一、縁を切るような事態になっても。

龍という、恋人であり、生涯の伴侶でもあり、きっと将来は家族のような存在になってくれる人を見つけたから。

「あそこまでひどいと、反面教師にもなってくれるし」

紅葉は苦笑しながら、つぶやく。

人のせいにしない。どんな結果でも、自分ですべてを引き受ける。

紅葉がそう考えられるようになったのも、母親のあの態度を目の当たりにしてから。

こうはなりたくない。

心から、そう思った。

自分の理解の範疇《はんちゅう》を超えているからといって、だれかをののしったりするような、心の醜い人にはなりたくない。

「それはたしかなんだけど。たまーに、怖くなるときがある。俺も、ああなったらどうしよう、って」

「ならないよ」

わかってる人は、ならない。

あれがおかしいのだ、と。親として、というよりは、人として恥ずかしい、と。

きちんと理解していない。

「けど、俺、親にひどいこと言ったら、絶対にならないたじゃん？」

「ああ」

紅葉は思い出した。龍は龍で、結構とんでもないことを言っていた。

「ああいうふうにさ、破《わ》れ鍋に綴蓋《とじぶた》？」

「全然ちがうよ」

紅葉は噴き出す。それは、だれにでも適した相手がいる、という意味だ。

「龍とお母さんの言い争いなら、丁々発止《ちょうちょうはっし》とか、一触即発とか、そんな四文字熟語があってる気がする」

「けど、それって、相手の話を聞いて、ちゃんとレスポンスするときに使うんじゃねえの？　うちの母親、まーったく話聞いてないか、聞いててもそれが自分に不利だったらなかったことにして、またわけのわからないこと言い出すか、どっちかだし」

そんなことないよ、とは言えない。たしかに、そのとおりだから。

「俺らはさ、ケンカするとき、ちゃんと丁々発止になろうな」

相手の言い分を封じ込めるんじゃなくて。意見は尊重しつつ、落としどころをきちんと見つける。

そういうケンカをしよう、と言ってくれているのだ。

「うん」

紅葉は、こくん、とうなずいた。

本格的なケンカは、まだしたことがない。これからも、しないかもしれない。

でも、もしするなら、理論的に話し合いたい。感情だけに任せて、母親みたいな態度はとりたくない。

「…ねえ」

自分で思いついたことに、話す前から紅葉は笑ってしまう。

「なんだよ」

「あの二人、ちゃんと話できたんだね。それが不思議じゃない？」

龍の母親は、どんな感じで怒鳴り込んできたんだろう。紅葉の母親は、どんな態度で応戦したんだろう。

「うわー、それ、すげーおもしろそうな対決だよな。日にち教えてくれれば、見学に行ったのに」

「ね。で、どっちがよりおかしなことを言うか、俺たちが、ボクシングの判定みたいに点つけるの。このラウンドは龍のお母さんの勝ち、とか。いまのは、うちの母親のカウンターだ、とか」

「いいな、いいな。ビール片手に楽しもうぜ」

こういう冗談を言えるようになったからには、龍の傷も少しは癒えたのだろう。

紅葉はいまは平気だけど、あとから、ひどいこと言っちゃったな、と落ち込むに決まっている。

どうでもいい、と言いつつ、どうでもよくない。

親とは、本当にやっかいな存在だ。

「ねえ、龍」

「ん？」

龍がやさしい声で聞き返してくれる。

それが心地いい。

龍がいてくれるだけで、紅葉は安心していられる。

「こないだは、俺が龍を慰めたでしょ？」

「ああ、フェラしてくれたやつか」

「龍！」

そういうことを往来で堂々と言わないでほしい。

「なんだよ。ホントのことじゃねえか」

なのに、龍はまったく悪びれていない。紅葉はため息をついた。

こういうとき、自由な龍がうらやましくてたまらなくなる。

「で、今日は俺に慰めてほしい、と。いいぞ、なんでもしてやる。何がいい？」

「やさしく抱いて」

紅葉は小さな声でささやく。

「意地悪しないで。俺に、いろいろ言わせないで。ただ、安心させて」

「了解」

龍は、絡めた指で紅葉の手の甲を撫でた。

それは、とても心地よくて。

紅葉の心の中までなだめてくれるようだった。

5

「あっ…んっ…いいっ…」

体中をくまなく愛撫されて、紅葉《もみじ》の体中が赤く染まった。足を撫で下ろされて、そこが自然に開く。

入り口をくすぐられて、紅葉は体をのけぞらせた。

「紅葉のここ、かわいいな」

「やっ…そんな…言わないでぇ…」

この行為には慣れたけど。龍《りゅう》がいやらしくささやく言葉は、まだ紅葉に羞恥をもたらす。本ではたくさん読んできたのに。実際に言われるとこんなに恥ずかしいんだ、と実感する。

「だって、紅葉に言わせられねえんだろ」

龍は、つーっ、と蕾《つぼみ》を下から上に指でなぞった。そこが、ひくん、ひくん、と細かく震える。

「あっ…やぁん…」

濡らされてもないのに、すでにやわらかく溶けている蕾は、いますぐにでも龍を飲み込めそうだ。

「だったら、俺がたくさんやらしいこと言って、盛り上げねえと」

「やさしく…してくれるって…」

「やさしくしてんじゃん」

龍の指が、先のほうだけ中に潜り込んでくる。紅葉はぎゅっとシーツをつかんだ。

もどかしい。

もっと、奥まで欲しい。

「こうやって、ゆっくりじっくりほぐして、俺のものを入れてからも焦らず、激しくもせず、ゆるやかに紅葉の中を刺激する。俺って、紳士だな」

「ちがっ…」

紅葉は、ぶんぶん、と首を横に振る。

セックスは、普通でいい。やさしくして、というのは、そういうことじゃなくて。いつもみたいに焦らしたり、紅葉がねだるまで入れてくれなかったり、それをやめてほしい、って意味だったのに。

それを、龍も理解してくれたと思ったのに。

…待って、もしかして。

紅葉は龍を見た。

わかってるくせに、こんなことしてるの？

「…意地悪、してるでしょ」

「してねえよ。さすがに、親とケンカして傷ついてる紅葉をいじめるほど、俺もひどいやつじゃねえっての」

ホントかな、とちょっと疑ったけど。たしかに、龍は、そこまで底意地が悪いわけでもない。

気のせいか、と思い直したところで、ちゅっと乳首を吸われた。両方を、交互に軽く吸い上げられる。

「だから、紅葉が、乳首いじって、ってかわいい声で頼まなくても、こうやって触れてやってるし」

つぎは舌を絡めて。さっきまで指でさんざんいじられて真っ赤に熟《う》れている乳首が、ますますそそり立っていく。

「紅葉の中も、傷つけないようにゆっくりとほぐしてやってるし」

いまは指の半分ぐらいまでが入ってきていた。それを抜き差しされても、入り口部分が気持ちいいだけ。

一番感じる部分にも届いていない。奥なんて、絶対に無理だ。

ぬちゅ、ぬちゅ、と濡れた音をさせながら、龍は指を動かしつづける。

「あっ…あぁっ…」

足りない。

こんなんじゃ、足りない。

やさしくなくていいから、龍を感じさせてほしい。

もっと激しく指を動かして、中をぐちゃぐちゃにしてほしい。

ううん、もう指じゃダメ。

いますぐ、龍が欲しい。

「どうかしたか？」

紅葉の変化に敏感な龍が、無邪気を装って聞いてきた。

龍はわかっていたのだ。

紅葉が、やさしいセックスじゃ我慢できないこと。

傷つくまではいってないけど、落ち込んでるときは激しい接触のほうが心が休まること。

それを、自分の経験から理解していたのだ。

悔しい。ここで、龍に屈するのは、すごくすごく悔しいけど。

何が、そこまでひどい性格じゃない、だ。十分、とんでもないじゃないか、と言ってやりたいけど。

体が求めている。

龍を、強く激しく求めている。

だから、紅葉はあきらめた。

「指…抜いてぇ…」

龍は何も言わずに、紅葉の中から指を引き抜く。

「龍を…ちょうだいっ…ちょっとずつじゃなくて…奥まで…一気に…突いて…あっ…あっ…あぁぁっ！」

紅葉の言葉が終わると同時に、龍がすごい勢いで自身を押し込んできた。それが奥に届いた瞬間、紅葉のものから欲望があふれだす。

これが欲しかった。

安堵《あんど》の息を吐きながら、そう思う。

すぐにイッてしまうぐらい、龍が欲しかった。

「紅葉、かわいい」

龍が紅葉の頬を撫でてくれる。紅葉は微笑んで、その手をつかんだ。

「そこじゃなくて、ここいじって…」

その手を下ろして、乳首に導く。

「両方の手で、乳首、ぎゅうって引っ張って」

「やっぱ、そうやっていやらしいこと言ってる紅葉が、一番そそる。紅葉の甘い声と、とろけるような表情が、俺の欲望をあおってやまねえんだ、って覚えとけ」

「覚えとく」

紅葉はにこっと笑った。

「いい子だな。ごほうび」

龍がもう一方の手も乳首にそえて、ぎゅっとつまみだすように乳輪ごとそこを引っ張った。限界まで引き上げると、乳輪、乳首、乳頭と手を滑らすように移動させて、手をぱっと離す。乳首は、ふるん、ふるん、とすごい勢いで上下に動きながら、もとの位置に戻った。

「あっ…やぁっ…それっ…好きぃ…」

「知ってる」

龍はまた乳首を引っ張る。今度はその状態で乳頭を指の腹でこすり始めた。きゅん、ととがった乳首は、つまみやすく、いじりやすくなっていて、龍の思いのままだ。

「んっ…いいっ…気持ちいいっ…」

「紅葉の中も、おんなじこと言ってるぞ」

内壁がひくついて、龍を締めつけていることを、紅葉だってわかっている。

龍はしばらく乳輪やら乳首やらを指でいじくり回したあとで、最後に痛くなるぐらいつまみあげてから、乳首を離した。さっきとおなじように、乳首が大きく揺れる。

「中もっ…」

紅葉は潤んだ目で龍を見た。

「もっと…いっぱい…かわいがってぇ…」

「奥がいいか？」

龍は、ズン、と奥をえぐる。

「それとも、全体がいいか？」

腰を回しながら引いて、内壁をあますことなく愛撫すると、今度は反対に回しながらすべてを埋め込んでくる。

紅葉の内壁が細かく震えて、龍のに絡みついた。

「もしくは、紅葉のいいところ」

少し腰を引いて、先端を前立腺に当てた。そこをこすられて、紅葉は全身を震わせながらあえぐ。

「あっ…やぁっ…だめっ…また…出ちゃ…」

「何回でもイケばいい」

龍はささやいた。

「紅葉が満足するまで、抱いてやるから」

「一緒がいいっ…」

紅葉は龍の腕をつかむ。

「龍と一緒にイキたいっ…だからっ…龍も…気持ちよくなって…？」

「うわー、本気でかわいいな、おまえ」

龍は笑うと、ちゅっ、と紅葉にキスをした。舌を差し込まれて、あごの裏をくすぐられる。唇の中にも性感帯があることを、龍に教えられた。そこを触られると、体が、びくびくっ、と跳ねる。

龍の舌を絡めとろうとするのに逃げられて。あごの裏を、しつこく責められた。紅葉の唇のはしから、唾液がこぼれる。

「んっ…ふっ…」

ぐちゅ、ぐちゅ、と音をさせながら、龍が抜き差しを始めた。乳首も、また強く引っ張られる。

「んーっ！」

紅葉は龍の両手を、ぎゅっと強く握った。

そんなことされたら、イッちゃう。同時じゃなくなる。

それを伝えたくて。

大丈夫だよ、というように、ようやく龍が舌を絡めてくれた。なだめるように、紅葉の舌をやさしく吸う。

それでわかった。

龍も限界が近いのだ。

紅葉は手から力を抜く。一緒だったら、それでいい。

龍の指が乳首から離れると同時に、紅葉は二度目の欲望を放った。あまりの快感に、いつ龍が注ぎ込んだのか、それすらもわからなくて。

気づいたら、龍のものがやわらかくなっていた。奥も、濡れている。

倒れ込んできた龍の体を、ぎゅっと抱きしめながら。

「…大好き」

紅葉はささやいた。

両方の親にばれて、これから大変だろうけど。

もしかしたら、母親同士の利害が一致することに気づいて、タッグを組んで、自分たちの関係を壊そうとしてくるかもしれないけど。

それでも、大丈夫だと知っているから。

自分たちは平気だと、わかってるから。

こんなに、心が落ち着いている。

幸せな気持ちしか感じない。

「俺も、紅葉が大好き」

龍もおんなじように思ってくれてるだろうか。

だったら、嬉しい。

紅葉はにこっと笑って、龍にキスをした。

温かい気持ちが、胸の中に、ほわっ、と流れ込んできた。


「終わったーっ！」

紅葉は、バンザーイ！　と両手を挙げながら叫んだ。今回は苦しみぬいただけに、いつもよりももっと、達成感がある。

でも、それを上回っているのは、安堵の思い。

エンドマークをつけられた。

それに、本当にほっとする。

「お、できたか」

筋トレをしていた龍が、リビングにやってきた。いつもは龍の休みにあわせて、なるべく週末は仕事をしないようにしていたのだけれど。

それだと間に合わないことはわかっていたので、龍に頼んだ。

「ごめん、龍。二回ほど週末、お仕事でつぶれちゃう。ごはんは用意するし、家事もするけど、一緒に出かけたりはできない」

えー、せっかくの休みなのになんだよ、とすねたように言われることを覚悟していたら。

「わかった」

龍はあっさり了解してくれた。そのあまりのあっけなさに、紅葉のほうが驚いてしまう。

「え？　週末、二日とも一緒に過ごせないんだよ？　それでもいいの？」

「いい、悪い、じゃなくてさ。紅葉は仕事しなきゃなんねえんだろ」

「うん」

「で、その仕事がないと、食ってけない。俺におんぶにだっこはいやだ、と同居するときにあんなに強硬に主張してたし、その言葉どおり、いまは完全折半になった」

家事をしてるから、という理由で、食費は龍の負担になっているけど。たしかに、それ以外は完全に折半できている。

「紅葉には紅葉なりの意地やプライドがある。それを理解できないほど、俺もバカじゃねえつもりだ」

「龍！」

紅葉は龍に抱きついた。

「ありがとう！」

「おう。だから、うちのスポーツクラブが最近忙しくなってきて、俺がたまに休日出勤しなきゃいけなくなったときに、ええ、せっかくの休みなのに、って顔で見送るのやめろ」

なのに。

しょうがないよ、お仕事なんだし、と自分に言い聞かせて、笑顔で送り出していたはず

完全に隠せてるつもりだったのに。

「…そんなことしてないよ」

やっぱり、龍にはばれてしまっていたようだ。

「じゃあ、してないってことにする」

「だって、してないもん」

今度から、ちゃんと心からの笑顔で、いってらっしゃい、って言おう。いままで、紅葉は、一日どれだけ書く、と細かくスケジュールを立てて、そのとおりにやってきたからなんの問題もなかったけど。

スランプになって。まったく書けないという経験をして。

予定が狂うこともあるんだ、と理解した。

週末をつぶさなければならないことが、またあるかもしれない。

「あと、週末は俺が家事と飯づくり、やってやる。紅葉と一緒に住むまでは、自分でやってたんだし。これで、結構、いろいろ作れるんだぜ」

「わー、楽しみ！」

家事をしなくてよければ、その分、書く時間が増やせる。だからといって、一日中、パ

ソコンにへばりついていても、書ける量に限界はある。買い物とかは気分転換に、一緒に行こう。

龍の作ってくれたごはんは、豚キムチとか、レバニラ炒めとか、切って炒める系のものがほとんど。それがすごくおいしくて、紅葉はいつもよりもたくさん食べてしまった。それでも体重に変化がなかったのは、脳が栄養分を吸い取ってしまったからにちがいない。

それほど、毎日、うんうん、うなりながら、書いた。この三日でようやくペースが戻り、夕方になる前に最後の句点を打てた。

これで、ようやく解放された。

明日が締切なので、ぎりぎりだけれど。間に合うことが重要なのだ。今日は寝て、明日、最終見直しをして、それから送ろう。

「よくがんばったな」

龍が紅葉の頭を、わしゃわしゃ、と撫でてくれた。

「先週とか、背中に何か重い荷物を背負ってる感じで、うっかり声かけられなかった。そういや、俺、紅葉が仕事してるとこ初めて見んだな、って気づいて、それはそれで感動したけど。なんか、遠く感じたのも事実。紅葉って、本当に官能小説に命かけてんだな。俺さ、小説家って、もっと気楽に書いてんのかと思ってた。ふんふふーん、って鼻歌歌ったり、ああ、そうそう、ハードボイルド作家とかって酒飲みながら書いたりしてるじゃん?」

「あれは、どこまで本当かわかんないけどね」

お酒を飲んで、まったく酔わないならまだしも。そうじゃなければ、普通の状態じゃないんだから、つぎの日読んだらとんでもないものができあがってそうだ。夜に書くラブレターとかとおなじなんだろう。

…書いたことないけど。

「あと、時間が自由になるし、出勤しなくていいし、自由業って言葉がぴったりだな、とか。でも、実際目の当たりにしたら、全然ちがった」

「どうだろうね」

紅葉は微笑む。

「俺は、好きだから書くだけだよ。その過程がどれだけ苦しくても、ほら、こうやって」

紅葉はパソコンの画面を見せた。

「終わり、ってなると、その苦労は吹き飛んじゃう」

「そっか」

龍が、また、がしがし、と紅葉の頭を撫でる。

「よかったな。好きな仕事につけて」

「龍だって、そうでしょ」

紅葉はにこっと笑った。

「さっき、遠く感じた、って言ってたけど。俺が龍の忘れ物届けにスポーツクラブ行ったとき、俺もおんなじこと思ったよ。龍が遠いなあ、って。仕事してるときって、真剣だからね。ほかの人を寄せつけない雰囲気を出してるんじゃなくて、恋人としているときとあまりにもちがうから、それが寂しいんじゃないのかな」

「そうかも」

龍は肩をすくめる。

「紅葉に諭《さと》されるのは、なんかシャクだけど」

「何それ！」

紅葉は、じろり、と龍をにらんだ。

「俺だってね、龍と恋人になってからこの三年間で、いろいろ学んだの！　たまには、俺が的を射《い》たりするよ！」

「そこで、たまには、って言うところが、紅葉のいいとこだよな」

龍は笑う。

「謙虚で、俺がすっげー失礼なこと言っても本気では怒らない。俺、紅葉に出会えてよかった」

しみじみとそう言われて、紅葉はとまどった。

「…龍？」

「俺の運命の相手が紅葉で、本当によかった」

「俺もだよ」

紅葉はぎゅっと龍にしがみつく。

「龍に出会えて、龍に恋をして、龍に好きになってもらえて、本当に毎日、感謝してる。俺のものでいてくれて、ありがとう」

「こっちこそ」

龍が紅葉の背中をやさしく撫でた。

「全部、俺のものになってくれて、ありがとう」

紅葉が龍を見上げたら、龍の顔が近づいてくる。

触れるだけのキス。

だけど、すべてが伝わる。

幸せな気持ちが、流れ込んでくる。

何度かキスを重ねて、このまますするのかな、と期待してたら。

「んじゃ、スランプ無事脱出、アーンド、原稿無事に締切に間に合ってよかった祝いで、どっか食べに行こうぜ。少し早めのこの時間なら、まだどこも混んでないだろうし。なに食いてえ？」

「焼肉！」

お祝いといえば、焼肉。ちょうど近所に、おいしい炭火の焼肉屋さんがある。知る人ぞ知る名店らしく、週末は行列ができていたりするのだ。

それもそのはず。お肉が新鮮で生でも食べれるぐらいおいしいのに、びっくりするほど安い。

「お、いいな。あと十分で開店だから、さっさと行こうぜ」

さすがに五時の開店すぐには埋まらないから、そこまで急がなくてもいいけど。焼肉と決めたら、おなかが空いてきた。お昼、龍が作ってくれたチャーハンをわしわしとおなかいっぱい食べたのに。

「龍、シャワーは浴びなくていいの？」

それに、筋トレの途中じゃなかったっけ？

「いまから焼肉食うのにか」

「そういえば、そうだね」

どうせ、帰ってからも匂いを取るためにシャワーを浴びるなり、お風呂に入るなり、しなければならない。それに、汗びっしょりというわけでもないし、そばにいてもまったく気にならないぐらいだから、周りに迷惑もかけないだろう。

「それじゃ、着替えて焼肉に出発しよ！」

今日は追い込みだから、終わるまで、ちょっと気分転換に散歩に、とかできないように、紅葉はパジャマのままなのだ。さすがに、これでは行けない。

「着替え、手伝ってやろうか？」

龍が目を細めた。紅葉は、結構です、と強い口調で断る。

手伝ってもらうだけですむはずがない。だいたい、着替えを手伝う、って具体的には何をするわけ？

「そんな、遠慮すんなよ」

「あのね、龍。俺はおなかが空いてるの」

紅葉は龍から離れると、立ち上がった。

「あそこの大きめの七輪にお肉をのせて、少し色がついたらタレにつけて、はふはふ言いながら口に運んで、それと同時に生ビールを、ごくっ、と飲み干したいわけ。締めはやっぱり、石焼ビビンバがいいかな、とか、さっぱりしたかったら冷麺もありだな、とか、そういうこともすでに織り込みずみなの。なのに行けなかったら、これから一年ぐらい、文句言いつづけるよ？」

「うわー、卑怯者」

龍が顔をしかめる。

「いまので、俺の欲望がすべて焼肉に向いたじゃねえか。この二週間、紅葉は仕事で大変だから、って禁欲してた俺に、ちょっとのごほうびもくれねえわけ？」

「…禁欲？」

それは、いったいなんのこと？　もしかして、小説に没頭するあまり、紅葉の記憶があいまいになっているのだろうか。

「そうだっての。いつもなら二回するところを一回にしたり。三日に一回は休もうかな、と思ってたり」

「…休んでないよね？」

たしか、先週、一日だけ何もされなかった日があるけど。それ以外は、毎日されていた。それに、紅葉も夕食までには仕事を終わらせていたので、それほどせっぱつまった様子は見せていない。週末も、龍が、ちょっと出かけてくるわ、と気を遣ってくれたり、おなじ部屋にいないようにしてくれたりしてたので、その分、夜はいつもよりぺったりくっついていた気がするんだけど。

「だから、かな、ってつけたじゃねえか。とにかく、俺は俺なりに我慢してたわけ。激しいセックスもしてねえし」

「…昨日のは？」

後ろから入れられて、ガンガン突かれて、最後は涙を流しながらあえいだ。それなのに許してもらえなくて。今度は上に乗らされて、下からえぐられて、乳首も真っ赤になるまでいじられまくって、いまも実はちょっとじんじんしてたりする。

あれが激しくなかったら、龍は今日、何をするつもりなんだろう。

「あれはだな。紅葉が、明日がんばったら終わる！　って嬉しそうに笑ってたから、それがかわいくて。ちょっとタガが外れただけじゃねえか。いちいち細かいこと気にすんな」

いやいやいやいやいや。

全然、細かくないし、我慢した、って主張するからには、それなりの根拠が欲しいだけなんだけど。

「ま、でも、腹がへって気もそぞろな紅葉を抱くより、焼肉でおなかいっぱいになって、生ビールやらマッコリやら飲んで、いい気分になってる紅葉を抱くほうが楽しいからな。紅葉、酒入ると、いつもより感度あがるし。この二週間、飲んでなかったじゃん？」

「うん」

龍が帰ってくるころには、その日の仕事は終わってるんだから、ビールを一杯ぐらいなら飲んでもかまわないんだけど。つぎの日、すっきり目覚められなかったらやだな、と考えて。それに、締切ぎりぎりで余裕がないのに、お酒なんか飲んでる場合じゃない、という自分への戒めもあって。ずっと我慢してきたのだ。

「それでも、紅葉はかなーりエロい体をしてるから楽しめたけど。酔って、口が回らなくなって、なんかかわいいこと言う紅葉が、久しぶりに見たい」

「言わないよっ！」

紅葉は真っ赤になってわめく。

「勝手に話つくらないでよねっ！」

「こないだ、寿司食いに行って、日本酒を飲みすぎて酔っぱらったときは、ね、俺の乳首、ちゅうちゅう吸って、とか、俺の中に舌入れて、ぺろぺろ舐め回して、とか、指でくちゅくちゅってして、とか、なんか擬音語《ぎおん》を気に入って、いっぱい使ってた。いやー、かわいかった」

「覚えてない！」

絶対にうそだ。龍の作り話に決まってる！

「俺は覚えてる。また別のときは、自分から腰を高くあげて、それを左右に振りながら、ねえ、龍に全部見えてる？　俺のいやらしいとこ、ちゃんと見てくれてる？　ほら、ぱくって開くよ、とか…」

「絶対にうそだっ！」

本当にしてたなら、このままどっかに消えてしまいたい！

「ま、酔った様子を自分では見られないから、本当かどうかわかんねえよな。だから、好きなほうに考えとけ。俺がうそをついた、ってことでもいい」

にやっと笑う龍に、不安が増す。

うそだよね？　そんなことしてないよね？

いくら酔ってても、そこまで恥ずかしいことはするわけがないよね？

「今日は飲まない」

紅葉はつぶやいた。龍が肩をすくめる。

「うそだと思ってんなら、平然と飲めばいいじゃん。それに、仕事が終わったあとの生ビール、うまいぞ。だいたい、焼肉に生ビールがなかったら、うまさ半減じゃね？」

…たしかに。

「じゃあ、ちょっとだけ飲む」

「お好きにどうぞ」

龍はにっこりと笑みを深めると、紅葉の耳元に口を寄せた。

「今日は、自分で乳首をいじりつつ、俺の上で腰をくねらせる紅葉が見れるかな」

「そんなこと、絶対にしないからね！」

紅葉はわめく。

「そうだな。そんなはしたないこと、紅葉がするわけねえよな」

「絶対に、絶対だから！」

「そういうことにしといてやる」

ウインクして、龍も着替えるのだろう、寝室へ向かった。一緒に入ったら、どうなるかなんて目に見えている。龍が着替えて出てくるまで待ってよう。

「…絶対にそんなことしてないし、今夜もしない」

そう、絶対に。

…たぶん。

『拝読させていただきました』

宮野《みやの》の言葉に、紅葉の緊張が高まった。いつも、このあとにつづく言葉が怖い。おもしろかったです、このままいきましょう、と言われることがまれだからだ。

おもしろかったです、ですが、なら、まだマシ。少し直せば、どうにかなる。

全体的にはそんなに悪くないのですが、ならちょっと黄信号。改稿は決まっているが、その量にもかなり幅がある。エピソードを削ったり、増やしたり、だと、直しに結構時間がかかる。

昔よく言われていた、まったくお話になりません、は、最近は言われてないけれど。書き下ろし文庫は、本当に久しぶり。雑誌とはちがって分量が長いから、粗《あら》も目につきやすい。

『とてもおもしろかったです』

「本当ですか!?」

紅葉はガッツポーズをつくった。よかった。がんばった甲斐があった。

宮野にほめられると、素直に嬉しい。

『細かい直しはありますが、流れはこれで結構です。そういえば、龍《りゅう》先生は、こういう凌辱ものがお得意なのだと思い出しました。女教師ものが長かったせいで、ああいうテイストが龍先生の持ち味だと思い込んでたんです、ぼく。だから、文庫の書き下ろし、最初はハッピーエンドを提案させていただいたのですが、それで龍先生を惑わせてしまい、スランプを誘因したのなら、本当に申し訳なく思っております。天堂《てんどう》先生との会話を聞きながら、ぼくのせいかもしれない、とずっと反省してました』

「ちがいます！」

紅葉は慌てて否定する。

「そうじゃないんです！　宮野さんのアドバイスとは関係なくて。そのほうがいいかなあ、と思って、一応、書いてはみたんですけど。まったく進まなくて。これ、おもしろくないよね、とか勝手に判断しちゃって。でも、それで売れなかったどうしよう。俺がまったく才能ないってことになっちゃう、って。いや、だからといって、才能があるって思ってるわけでもないんですけど！」

『龍先生、落ち着いてください』

電話の向こうで、宮野が笑った。

『わかりました。龍先生は、一度、書いてはみたんですね』

「はい。一ページぐらいで挫折したような気がします」

『よかったです』

宮野が、ほっと息をつく。

『両方やろうとして、結果、あっちの結末になったのなら、龍先生には、とてもいいお知らせがあります』

「なんですか?」

とてもいいお知らせ? そんなの、初めて聞く。

『先日出た文庫ですが…』

「ああ、もう出たんですか!」

このところ、ずっと書き下ろしに苦戦していたので、発売日をすっかり失念していた。いつもなら、官能小説をあつかっている大きめの本屋に行って、ちゃんと並べられているかどうか確認するのに。

「…あ、出たんですね」

それの意味するところがわかって、紅葉は急速にトーンダウンする。

つまり、あの結末についての読者の感想もわかるということだ。

『龍先生、ぼくの話、ちゃんと聞いてました?』

宮野があきれたように言った。

『そういう謙虚なところも、龍先生のいいところですけど。ぼくは、とてもいいお知らせ、と言ったはずです』

「文庫に関してですか?」

『はい、文庫に関してです』

ということは、売上が悪かったということではないのだろう。でも、まだ発売して一週間もたってないんだから、初速とかはわからないはずなんだけど。

『龍先生ががんばってくださったおかげで、最終巻、早々に重版《じゅうはん》が決まりました!』

「…へ?」

ジュウハン? 何それ?

なんで、宮野がそんなに嬉しそうなのか、まったく理解できない。

『待ってました、みたいな声も届いています。やはり最後はこうでないと、と感想のほうも好評です。今回の完結にあわせて、三冊並べてくださる書店さんもあって。なので、既刊のほうも、ほんのちょっとですが重版させていただきます。おめでとうございます。そして、すばらしい作品をありがとうございました』

ジュウハン? 重版!

ようやく、言葉の響きと漢字が結びついた。

「重版ですか⁉」

生まれて初めてだ！

『はい、重版です。営業にも、しばらくは龍先生の本を出してよし、との許可が出ました。なので、この直しが終わって、落ち着かれましたら、お食事がてら、今後の打ち合わせをしたいのですが、大丈夫でしょうか？』

「いつでも大丈夫です！」

食事つきの打ち合わせもまた、初めてだ！

嬉しい、嬉しい、嬉しい。

これでようやく、本当の意味で官能小説家になれた気がする。

『それでは、喜んでらっしゃるどさくさにまぎれて、ダメ出しいきますね』

「はい、お願いします」

いつもならへこむ作業も、重版という魔法の言葉で、なんとか乗り切れそうだ。

宮野の指摘に、うなずいたり、それはこういうことで、と反論したり、と、いつもの作業をやりながらも。

心は浮かれていた。

ダメなところをあげられることすら、作家である、という実感が湧いてきて。

楽しくてしょうがなかった。

宮野の電話を切ってすぐに、龍の携帯に電話をかけた。クラスを受け持ってる最中ならしょうがない、と心づもりはしていたのに、奇跡的に龍は出てくれて。もしもし、の言葉とほぼ同時に叫ぶ。

「重版なの！」

『あ？』

龍が不審そうな声を出した。

『なに言ってんの？』

「俺の本、重版がかかったの！」

『それは、いいことなのか？』

「うん！　最初に刷ったやつがなくなって、また新しく刷ってくれるってことなんだよ！」

『それはよかったな』

龍のやさしい声が響く。

『紅葉は、いつも真剣に官能小説と向き合ってるんだから、そろそろ、官能小説の神様も振り向いてくれていいころだ。これから、もっと売れっ子になって、天堂近衛《このえ》を見返してやれ』

それは無理、と言おうとした。

だって、天堂先生は、官能小説家の中だけじゃなくて全作家の中でもトップクラスなんだし、と現実を見ようとした。

でも。

「うん、がんばる！」

その龍の言葉が嬉しいから。

きちんと紅葉を評価してくれたことが、嬉しくてしょうがないから。

紅葉は弾んだ声を出した。

「今日、いーっぱいごちそう作って待ってるから！　早く帰ってきてね」

なんにしようかな。

紅葉は今日のメニューを考える。

お刺身の舟盛りとか買ってきちゃおうかな。それに、鳥のドラムをふんだんに使った、龍の大好きなグラタン。これで和と洋がそろったから、あとは、中華とイタリアンと、とにかく、いろいろ並べよう。統一感がなくてもかまわない。こんなに嬉しいんだから、その勢いのまま、なんでも作っちゃえ！

『楽しみにしてる。紅葉、おめでとな』

「ありがとう！」

『じゃ、俺、そろそろ仕事に戻るわ』

「うん」

ぷつん、と音を立てて切れた携帯は、だけど、まだ龍の声が聞こえてきそうで。

おめでとな、という言葉を、何度も反芻《はんすう》する。

紅葉は、ぎゅっと携帯を握りしめた。

そこから、龍のやさしさとかぬくもりとか、紅葉の好きなものが全部、伝わってくるような気がした。


六年前、希望と期待を胸に官能小説家としてデビューした。

そんなにうまくはいかなかったけど。

それでも、書きつづけた。

三年前は、売れない官能小説家で。希望も期待もなくなってて。

だけど、龍を手に入れた。

たった一人、自分のすべてをかけて恋をした相手に応えてもらえた。

だから、幸せだった。

本当に、幸せだった。
これ以上なんてない、と思っていた。
だけど、いま。
官能小説家として、ようやくスタートラインに立てた。
これからしばらくは、仕事の心配をしなくてもいい。
そして、龍には、生涯の伴侶と言ってもらえた。
あのときを幸せと表現するなら、いまはなんといえばいいのだろう。
その言葉を探して、これからも歩きつづける。
幸せの最上級、もしかしたら、そのもっと上を目指して。
龍と一緒に。
龍の隣で。

あとがき

みなさま、はじめまして、または、こんにちは。森本あきです。

さてさて、官能小説家シリーズも、ななな、なんと！　八冊目！　ここまで長くつづけられたのも、読んでくださったみなさまのおかげです！　ありがとうございます！　これからもまだまだ書いていきたいので、どうか応援よろしくお願いします。

今回は、本当に久しぶりの一冊まるごと龍と紅葉のお話。最初は、忙しさですれちがう二人、龍の浮気疑惑、紅葉、怒りのあまりお見合いに走る！　とか考えていたのですが（実際、そんな感じにする予定です、とのプロットも送りました。もしかしたら今後使えるかもしれないそのネタをここで披露したのは、こういう話には一生ならないことを悟ったからです）、ふたを開けてみれば、いつもどおりのイチャイチャラブラブ話。ですが！　今回、二人の周囲にいやーな人たちを出して、ちょっと試練っぽくしてみました。…ま、試練にもなってなさそうですけど。もう、おまえら、一生、幸せに暮らしてろ。

あと、文中に出てくるシングルマザーのおばさんのお話は、来月発売の『小説ガッシュ』に載っているので、そちらもあわせて楽しんでください。宣伝、宣伝。そっちも、龍と紅葉のイチャラブ話なので（…うん、まあ、それしか書けないって認めるのはいいことだと思うんだ、たぶん…）、文庫とあわせて読むと口から砂糖を吐けるかもしれません。

どうぞ、よろしくお願いします。


と、まったくもって販促にはなってないかもしれないけど、めずらしく内容に触れたあとがきになったところで、恒例、感謝のお時間です。

挿絵はおなじみ、かんべあきら先生！　このシリーズは、ありがたいことに、読んでくださる方がたくさんいらっしゃるのですが、それは、かんべ先生のすばらしい絵のおかげだ、と本当に感謝しています。これからも、いろいろよろしくお願いします。かんべ先生の絵、大好きです！

担当さんには、いつも励まされてばかりです。今回は、「あー、こういういやな女いるよね」話で盛り上がりました。本編参照！　みなさまも、いるいる、と眉をひそめていただければ嬉しいです（嬉しいか？）。

つぎからは、また新たなシリーズもの展開！　来年の春ごろかな？　楽しみにしていてください。

それでは、そのときにまたお会いしましょう！

再会～♡ お久しぶりの紅葉&龍ですね！ すっごい嬉しいです～。あ、イラスト描かせていただいております かんべあきらです。や、もう やっぱり大っ好きです。このCP～♥♥ もー可愛いったら（笑）… でも今回はちょっとハードだったかも…です先生。人生において一度や二度は必ず通る道だと思うんですけれど。

私にも覚えがあるので…すごく⌒⌒
でも、ふたりなら乗り越えられると信じて!! … とにかく今回も楽しくお仕事させていただきました。このシリーズがまた続いていくといいなーと願いつつ…。

ありがとうございました～！

P.S. 私のイチバンの野望は紅葉の作るゴハンを食べてみたいということです♥（笑）

KAIOHSHA ガッシュ文庫

官能小説家は困惑中♡
（書き下ろし）

官能小説家は困惑中♡
2010年11月10日初版第一刷発行

著　者■森本あき
発行人■角谷　治
発行所■株式会社 海王社
〒102-8405
東京都千代田区一番町29-6
TEL.03(3222)5119(編集部)
TEL.03(3222)3744(出版営業部)
www.kaiohsha.com
印　刷■図書印刷株式会社

ISBN978-4-7964-0101-2

森本あき先生・かんべあきら先生へのご感想・ファンレターは
〒102-8405 東京都千代田区一番町29-6
(株)海王社 ガッシュ文庫編集部気付でお送り下さい。

官能小説家の綺羅清流を名乗る左京は、鈴蘭の家の離れに住んでいる。そして鈴蘭は、無口な左京が表舞台に出る時の身代わりをしている。編集者とのやり取りも雑誌の取材もぜんぶ鈴蘭の仕事。それに実際に縛って確かめたい時だけ左京はセックスしてくれる。ねえ左京、いつまでぼくを抱いてくれるの?

KAIOHSHA ガッシュ文庫

私がお相手いたします♥

Illustration: かんべあきら

突然自宅におしかけてきた熱いファン・俊一郎に根負けして、ライター兼小説家の伊吹は、俊一郎を秘書として雇うことに。そんなある日、仕事先の出版社から官能小説の執筆依頼が舞い込む。初ジャンルの原稿に詰まった伊吹は俊一郎に、大御所官能小説家・天堂近衛にHを書く秘訣を聞いてこいと遣いにやるが…?

KAIOHSHA ガッシュ文庫

森本あき
Aki Morimoto
恋愛日和《れんあいびより》
〜カフェものがたり〜
Love situation
堅物シェフ×名物オーナーの
ウエディングラブ
illust
サマミヤアカザ
Akaza Samamiya
カフェバーのオーナー・大海は、無口なシェフ・久仁彦に長い片思いをしている。出会った時から好きで、久仁彦に自分の店を持ちたいと告げられたその日から、久仁彦と店を開くことだけ考えてきたけれど…?

KAIOHSHA G 森本あきの本

きみと、恋をしよう
～社員寮は大騒ぎ！～

イラスト／みろくことこ

営業二課に所属している偲は、同期入社で尊敬している営業一課のホープ・康晴にライバル視されている。過去にセックスが下手だと言われて恋愛にオクテになっていた偲。それを康晴に告白すると嵐のように突然キスされてしまう。「偲がなにやってても可愛く思えた。これって恋だろ」ってどういうコト？

きっと、最後の恋
～社員寮は大騒ぎ！～

イラスト／みろくことこ

営業二課所属の偲は、同期入社でライバル視されていた営業一課のホープ・康晴に突然好きだと告白された。「友達から」と断ったつもりだったのに、康晴は強引に友達以上の関係を迫ってくるのだ。だけど康晴とするキスは気持ちよくて…。イヤなのに、なんか心がヘンなんだ。これって…恋？

素直な恋、素直じゃない恋人
～社員寮は大騒ぎ！～

イラスト／みろくことこ

社員食堂を牛耳る料理人・鷹野音羽の天敵は、幼なじみで寮監の片山天佑。17の頃、弾みでセックスして以来ずっと天佑に抱かれ続けている。逃げても追いかけられて、中学も高校もそして今も天佑は音羽の傍にいる。どんなに冷たくあしらっても天佑は動じない。それどころか音羽が天佑を好きだと決めつけて……？

KAIOHSHA ガッシュ文庫

夢で逢えたら

谷崎 泉

イラスト／三池ろむこ

お笑いコンビ「サトスズ」の鈴木律は相方に報われない恋をしていた。事務所からコンビ解散を促されても、重い恋をひきずってなかなか前に進めない。そんな律の前に現れたのは、ラーメン屋開店を目指して懸命に働く白瀬だった。彼の優しさに触れ、努力する姿を見た律は、不毛な恋から抜け出す為にある決心をして──。

捨てていってくれ

高遠琉加

イラスト／金ひかる

大学生の隆之はアルバイト先の美人編集長・沖屋とセフレ関係にある。誘ったのは好奇心からのはずだった。クールで毒舌で奔放な彼の違う顔が見てみたい。いつしか沖屋に焦がれていた隆之。そんな隆之を沖屋は怜悧な笑みであしらう。身体は甘く許すのに、心を拒むのはなぜ…。単行本未収録作も収録した完全版！

金曜日の凶夢

夜光花

イラスト／稲荷家房之介

有名バイオリン奏者・紀ノ川滋の行動を監視すること。それが良麻に科せられた使命。紀ノ川の想い人そっくりの顔になり音大に潜り込んだ良麻。紀ノ川に近づき、親しくなることに成功するが、良麻の心は揺れていた。何故なら彼は、ずっと憧れの人だったから。別の誰かに心を奪われるくらいならいっそ……。